家なき子

エクトール・マロ／作
入江信子／訳
日本アニメーション／絵

★小学館ジュニア文庫★

もくじ

おもな登場人物

バルブラン母さん
レミの育ての
お母さん

レミ
この物語の主人公

カピ
ヴィタリス一座の
白いプードル

ジョリクール
ヴィタリス一座の
看板役者の猿

ヴィタリス
旅芸人の親方

アーサー
船の上で暮らす
少年

ドルチェ
ヴィタリス一座の
小さな犬

ゼルビノ
ヴィタリス一座の
黒い犬

リーズ
花作り一家の末娘

マチア
パリで出会った
少年

ミリガン夫人
アーサーの
お母さん

母さんの思い出

ぼくは「拾われた子」でした。

けれども八歳までは、ほかの子どもたちと同じように、自分にはお母さんがいると信じていました。ぼくには、泣いていると、涙がとまるまで腕にやさしくだきしめ、あやしてくれる女の人がいたからです。ぼくはベッドに入っても、その人がキスをしに来てくれるまでは眠ろうとはしませんでした。十二月の風がガラス窓に吹き荒れているとき、その人は歌を歌いながら、両手でぼくの足を包み込んであたためてくれました。その歌の文句や節回しはところどころ今でも記憶の中に残っています。

ぼくが牛の番をしながら田舎道やヒース（低い木）の荒れ野を歩いていて、にわか雨にあうと、その人はかけつけて、毛織りのペチコート（スカート型の下着）の下にぼくの頭と肩をそっと包んで、連れて帰ってくれました。友だちとけんかをすると、ぼくの悲しみに耳をかたむけてくれました。

こうしたふるまいから、口調から、まなざしから、愛撫から、しかるときのやさしい口調から、ぼくはその人がぼくのお母さんだと信じていたのです。

では、ぼくがどうしてその人が育ての親だと知ったかをお話ししましょう。

ぼくが子ども時代を過ごした村はシャヴァノンというところでした。その村はフランスの中央部でももっとも貧しい村のひとつでした。

八歳まで、ぼくはこの家に男の人がいるのを見たことがありませんでした。でも、ぼくの母さんは夫を亡くしたわけではありません。石切り職人の夫はこの地方の多くの労働者のようにパリで働いていて、ぼくが物心がつく年になっても、帰ってきたことはありませんでした。ほんのときたま、彼は村に帰ってくる仲間に便りをたくしました。

「バルブランのかみさん、あんたのだんなは元気だよ。仕事はうまくいっていると伝えてくれと言っていた。そして金を預かったよ。ほら、数えておくれ」

たったそれだけでした。でも、バルブラン母さんは、夫が元気で、仕事があって、お金をかせいでいると聞いて幸せそうでした。バルブランはかなり長くパリにいたとはいえ、夫婦仲は悪くはなかったのです。バルブランは老後をのんびり過ごすためのお金を蓄えて、年をとって、体力と健康がなくなったら、妻のもとで暮らすため戻ってくるつもりでした。

十一月のある日の日ぐれどき、ひとりの男が家の垣根の前で立ち止まりました。

「パリから便りを持ってきたんだ」と男は言いました。これまで何度も聞いたことがある言葉でしたが、ぼくたちはハッとしました。声の調子が、「あんたのだんなは元気だ。仕事はうまくいっている」と言うときとはまったく違っていたからです。

「ああ、神さま！」と、バルブラン母さんは手をにぎりしめました。「ジェロームに不幸が起こったんだわ！」

「ああ、あんたのだんなはケガをした、そういうことだ。やつは死んじゃあいない。けど、体が不自由になるかもしれないんだ。今は病院にいるよ。おれは入院中にとなりのベッドにいて、故郷に帰るとき、なにが起きたかあんたに伝えるようたのまれたんだ」

バルブラン母さんは、くわしいことを知りたがり、男に夕はんを食べていくように言いました。男は暖炉のすみにすわって食事をし、どんなふうに災難が起きたかを語りました。バルブランはくずれた足場の下敷きになったのですが、ケガをしたときに立ち入ってはならない場所にいたことが証明されたので、やとい主は補償金を払わないと主張しているというのです。

「バルブランもついていないよな」と男は言いました。「なかには補償金だけで暮らしている抜け目のないやつもいるっていうのにさ。でもあんたのだんなは一フラン（当時のフランスのお金の単位）ももらえないだろうなあ。とにかく」と話の最後に男は言いました。「やつには、やとい主に対して裁判を起こすようにすすめたよ」

バルブラン母さんはパリに行きたいと願いましたが、これほど長く、お金のかかる旅に出るのは無理というものでした。

次の朝、母さんは村に行って、司祭さまに相談しました。司祭さまは、夫の役に立つかどうかもわからないのに、母さんがパリに行ってもしかたないと言いました。司祭さまはバルブランがいる病院の司祭さまに手紙を書き、返事を受け取りました。その手紙には、**【バルブラン夫人は夫にお金を送る必要がある。ケガを負わせたやとい主に対して裁判を起こすから】**と書いてありました。

何日も、何週間もたち、ときどき「またお金を送るように」と書いてある手紙が届きました。最後の手紙にはよりさし迫った調子で、「もしお金がないなら、雌牛を売るように」とありました。

雌牛のルーセットの出す牛乳はぼくたちの体を作ってくれただけではありません。雌牛はぼくたちの仲間であり、友だちでした。ぼくたちは雌牛をなで、話しかけます。雌牛はぼくたちの言うことをわかってくれて、丸くて大きくて、やさしさいっぱいの目で見つめながら、自分が望んでいることや感じていることをぼくたちに伝えます。つまりぼくたちは雌牛を愛していた、そういうことです。それでも、ぼくたちは別れなければなりませんでした。雌牛を売る――これ以外にお金を作るすべはなかったからです。

かわいそうなルーセットはなにが起こるかわかっているようでした。牛小屋の外に出るのをイヤがり、鳴き出しました。

「うしろへ回って、追い立てるんだ」と商人は首にかけていたむちをわたしながら言いました。

「それはダメ」とバルブラン母さんは言いました。そして雌牛の引き綱をとりながら、やさしく話しかけました。「いい子ね、おいで、おいで」

ルーセットはもうイヤがりませんでした。道に出ると、商人は馬車のうしろにルーセットをつなぎ、ルーセットは馬について歩いていかなければなりませんでした。

ぼくたちは家の中に戻りました。でも、長いことぼくたちの耳には、雌牛の鳴き声が聞こえていました。もう牛乳もありません。牛乳から作るバターもありません。朝は一切れのパン、夜は塩をふったジャガイモを食べるしかありませんでした。

ルーセットを売った少しあとにマルディグラ（謝肉祭の最終日）のお祭りがやってきました。前の年、マルディグラに、バルブラン母さんは、クレープと揚げ菓子のベニエのごちそうをこしらえてくれました。ぼくは食べて、食べて、食べまくって、母さんはとても喜んだのでした。

でもルーセットがいない今年は、お菓子の生地をとく牛乳も、クレープを焼くバターもありません。牛乳もない、バターもない、マルディグラもない。ぼくは悲しくなりました。けれど、バルブラン母さんはぼくをあっと言わせました。母さんは人にものをねだる人ではありませんでしたが、そのときだけはおとなりさんに一杯の牛乳をもらい、別のおとなりさんにはひとかたまりのバターをもらい、ぼくが家に帰ってくると、母さんは大きな鉢の中に粉を入れているところでした。

「わあ、粉だ!」とぼくは母さんのそばに行きながら言いました。

「そうよ」と母さんはほほえみながら言いました。「質のいい小麦粉よ、レミちゃん。ほら、いいにおいがするでしょう。粉でなにを作っていると思う?」と母さんはぼくを見ながら言いました。

「うーん、ぼくわかんないや」

「本当は知っているんでしょ。でも、おまえはいい子だから、言えないの、今日がマルディグラで、クレープとベニエの日だってね。でも、うちにはバターも牛乳もないことがわかってるから、口に出せない。そうでしょ?」

「ああ、母さん」

「だからこそおまえに悲しい思いをさせないようにうまくやったのよ。箱の中を見てごらん」

ふたをとると、牛乳とバターと卵と三個のリンゴが入っていました。

「卵をとってちょうだい」と母さん。「割っている間に、リンゴの皮をむいてね」

ぼくがリンゴを薄く切っている間に、母さんは粉の中に卵を割り入れて、かきまぜ、スプーン一杯ずつたらたらと牛乳を注いでいきました。

生地ができると、母さんは熱い灰の上に鉢を置きました。あとは夜まで待つだけです。というのもクレープやベニエは夕食に食べるものだったからです。本当のことを言うと、ぼくは昼が長く感じられて、いく度となく鉢をおおっているふきんを持ち上げて中をのぞきました。

「生地がかぜを引いてしまうわよ」とバルブラン母さんは言いました。「うまくふくらまなくなっちゃうわ」

でも、生地はうまくふくらみました。ところどころ盛り上がって、あわのようなものが表面に浮かび上がって破裂しています。生地は発酵して、卵と牛乳のいいにおいを放っていました。

「木を火にくべて」と母さんはぼくに言いました。まもなく暖炉に大きな火があがり、光がゆらめき、台所いっぱい照らしました。母さんは壁からフライパンをはずし、火の上に置きました。

「バターをとってちょうだい」。母さんがナイフの先で小さなくるみのようなバターのかけらをとって、フライパンの中に入れると、バターは音をたててとけていきました。

ああ、本当にいいにおいがただよってきます！　長く味わっていなかった、心地よく鼻をくすぐるにおいです。バターがジュージューいう音は楽しい音楽のようでした。

でも、この音楽に熱中しているぼくの耳にも、庭に足音が聞こえた気がしました。こんな時間にだれがぼくたちのじゃまをしにきたのでしょう？　火を借りにきたご近所さんかな。

けれど、ぼくは考えるのをやめました。バルブラン母さんが、鉢からスプーンで白い生地をひとすくいとって、フライパンの中に流し込んだからです。いやもう、これは、ほかのことに気を散らしている場合ではありません。

すると、なにかが戸口にぶつかる音がして、不意に扉が開きました。

「そこにいるのはだれ？」バルブラン母さんはふり返らずにたずねました。

ひとりの男が入ってきました。白い作業着を着て、手に太い杖を持ったその姿が暖炉の火に明るく照らし出されました。

「今日は祭りなのか？　じゃまするぜ」と男は礼儀知らずな調子で言いました。

「ああ、神さま！」とバルブラン母さんはさっとフライパンを床に置きながらさけびました。「あんたなの、ジェローム？」

そしてぼくの腕をつかんで、戸口にいる男のほうに押しやりました。「おまえのお父さんよ」

父帰る

ぼくはその人にキスしようと近づきましたが、男は杖でぼくを押し返しました。

「こいつはだれだ？」

「レミよ」

男はぼくのほうに杖をふり上げながら近づきました。ぼくは思わずあとずさりしました。

「おまえたちはマルディグラを祝っていたんだな」と男は言いました。「それはいいこった。おれは腹ペコだからな。夕めしはなんだ？」

「クレープを焼いていたのよ」

「そうらしいな。でも、十リュー（約四十キロ）を歩いてきた大の男に、クレープはないぜ」

「ほかになにもないのよ。あんたが帰ってくるとは思ってなかったから」

「夕めしになにもないだと？」。男はあたりを見回しました。

「ほれ、バターがある」

男は床から目を上げ、以前ベーコンがつるしてあった場所を見ました。けれども長い間、そこにはなにもありませんでした。今では梁には、ニンニクとタマネギがぶら下がっているだけです。「タマネギだ」と男は杖でひとつなぎになったタマネギを引っかけ、落としました。「タマネギ四、五個とバターがあれば、うまいスープが食べられるってもんだ。クレープをやめて、フライパンでタマネギをいためるんだ」

クレープをやめるなんて！　でも、バルブラン母さんはなにも言い返しませんでした。それどころか、母さんは急いで男が言ったとおりにして、男は暖炉のすみにあるベンチにすわりました。

男は五十代くらいで、荒っぽい顔をして、気むずかしそうでした。ケガで頭がゆがんで右肩のほうにかたむき、そのせいでガラが悪く見えました。

バルブラン母さんはフライパンを火の上に置き直しました。

「これっぽっちのバターでスープを作ろうっていうのか？」と男は言い、バターがのっていた皿をとり、全部フライパンの中に入れてしまいました。これでもうバターはなくなって、クレープは作れません。

「つっ立ってないで、皿をテーブルに並べろ」と男は言いました。ぼくは急いで従いました。スープができていました。バルブラン母さんはお皿に盛りつけました。

暖炉のすみから立ち上がって、男はテーブルにつき、食べ始めました。ときどき食べるのをやめて、ぼくに目をやりました。ぼくは動揺していたし、不安だったので、食欲がわきません。こっそり男を見つめ、目が合うと下を向きました。

「おまえ、腹は減っていないのか？」と男はききました。

「減っていません」

「ならもう寝に行け。すぐに眠るんだ。おれを怒らせないようにな」

バルブラン母さんは目くばせをして、口答えをしないで言われたとおりにしてと伝えました。でもこの忠告はいらぬ心配でした。ぼくは反抗しようなんて考えてもいなかったからです。

ぼくは急いで服をぬぎ、横になりました。けれども眠ることはできません。

どのくらいの時間がたったでしょうか、だれかがベッドに近づいてくる音が聞こえました。引きずるような重い、ゆっくりとした足取りで、ぼくはすぐにそれがバルブラン母さんでないとわかりました。熱い息がぼくの髪の毛にかかりました。

「眠っているのか？」と押し殺したような声が言いました。ぼくは答えませんでした。「おれを怒らせないようにな」という恐ろしい言葉がまだ耳で鳴り響いていたからです。

「この子は寝てますよ」とバルブラン母さん。「横になったとたんに眠ってしまう。いつもそうなんです。聞かれる心配なく話せますよ。で、あんたの裁判はどうなってるの？」

「負けたよ。裁判官は足場の下にいたおれが悪い、やとい主は補償金を払わなくていいと決定を下したんだ」。男はテーブルをこぶしでたたき、わけのわからない言葉でののしり始めました。

「裁判は負けた」としばらくして男はくり返しました。「金はなくなったし、体は不自由になったし、あわれなものよ。それでもまだ不足だと言わんばかりに、ここに帰ってきたら子どもまでいる。どうしておれが言ったとおりにしなかったのか、説明してもらおうじゃないか」

「だってできなかったんですもの」

「拾った子を手放せなかったっていうのか」

「お乳をあげて、かわいがった子どもを手放すなんてできないものよ」

「でも、おまえの子じゃないんだぞ」

「あんたの言うとおりにしようと思ってたのよ。でも、ほら、この子が病気になっちゃったから。そんなときに孤児院（保護者のいない子どもを収容した施設）に入れたりすれば、殺すようなものでしょ」

「治ってからはどうした？」

「すぐには治らなかったのよ。その病気のあと、また病気にかかってね。かわいそうに、せきをしてて、聞いてられないほどだった。あたしたちのかわいいニコラが死んだときのようで。もしあたしがあの子を町に連れていったら、やっぱり死んでしまいそうだったの」

「ほんとのところ、あの子はいくつになるんだ？」

「八歳よ」

「よし、今から施設にやるんだ」

「ああ、ジェローム、そんなことしないで」

「そんなことをするなだと！　おれたちがずっと面倒みるっていうのか？」

沈黙がおとずれ、ぼくは息をつきました。いろいろな思いが押し寄せ、のどがつまったようになっていたのです。

やがてバルブラン母さんは言いました。

「ああ、あんたはパリに行って変わってしまったのね！　パリに行く前にはこんなふうに言うことはなかったのに」

「そうかもしれないな。でも、確かなのは、パリはおれを変えただけじゃなく、不自由な体にしてしまったってことだ。おまえもおれも、これからどうやって食べていくっていうんだ？　金はない。雌牛は売っちまった。自分たちが食べていけないときに、赤の他人の子を養えっていうのか？」

「でも、あの子はあたしの子よ」

「おまえの子でも、おれの子でもない。だいたいあいつは農家で働けるような子じゃない。おれは夕めしの間じゅう見ていたけど、ひよわで、やせてる。腕も足も、ものの役には立たん」

「いいえ、大きくなったらあたしたちのために働いてくれるわ」

「働けるようになるのを待っている間、おれたちがあいつのために働かなくちゃならないし、そもそもおれはもう働くことができないんだ」

「もしあの子の両親が取り戻しにきたら、なんて言うつもり？」

「両親！ もしいたら、八歳になる前にとっくに捜して、見つけ出していただろう。おれはおろかにも、いつか両親があいつを取り戻そうとやってきて、育てた骨折りにむくいるために金をくれるだろうと思っていたんだ。親はもう死んじまったんだろうよ。でも、もうたくさんだ」

扉が開き、また閉まりました。男は出かけてしまいました。

ぼくはさっと起き上がって、バルブラン母さんを呼びました。

「ああ、母さん」。母さんはぼくのベッドのところにかけ寄りました。

「ぼくを施設にやるの？」

「いいえ、レミ、そんなことするもんですか」。母さんはぼくにやさしくキスをして、腕にだきしめました。このしぐさでぼくは勇気が出ました。涙もとまりました。

「おまえは眠っていなかったのね」と母さんはおだやかにききました。

「ぼくのせいじゃないよ」

「しかっているわけじゃないのよ。おまえはジェロームが言ったことを全部聞いてしまったのね」

「はい、母さん。でも、あの人はぼくのお父さんではなかったんだ」

「あたしはおまえに真実を伝えなければならなかったんでしょう。でももうおまえがあたしの子どもになっていたから、本当の母さんではないなんて言えなかったの。さっきおまえも聞いたように、おまえのお母さんのことは、あたしたちは知らないの。生きているのか、もうこの世にいないのか。まったくわからないのよ。ある朝、パリで、ジェロームが仕事に行こうとして、ブルトゥイユ大通りという並木道を通りかかったとき、子どもの泣き声を耳にした。声はある庭の入り口あたりから聞こえてきたそうよ。二月の夜明けのことだったの。あの人は扉に近づいて、子どもがひとりぼっちで寝ているのを見つけた。だれかを呼ぼうとあたりを見回して、ひとりの男の人が大きな木のうしろから出てきて、逃げ出すのを見たんですって。ジェロームは困ってしまって。だって子どもは、助けを待っているかのように、力の限り泣いているし、置いて逃げるなんてできなかったから。ジェロームがどうすべきか考えている間に、ほかの職人たちがやってきて、その子を警察へ連れていくことに決めたの。きれいな生後五か月か六か月の男の子だったのよ。ばら色で、太って、プクプクして、かわいらしくて。その子がくるまれていた産着や肌着を見れば、お金持ちの両親がいることがわかったの。ジェロームが知っていることや、産着の特徴をくわしく書きとったあと、警察署長さんは、もしここにいる人の中で育てたいという人がいなければ、子どもを施設に送ると言ったのよ。かわいい子で、健康で、丈夫で、育てるのはむずかしくなさそうだった。両親はもちろん捜しにくるでしょうし、世話をしてくれた人には気前よくお礼をしてくれるでしょう。そこでジェロームがその子を育てると申し出たのよ。あたしには同じ年の子どもがいて、ふたりを育てることは大変じゃなかった。こうしてあたしはおまえの母さんになったのよ」

「ああ、母さん」

「三か月後、あたしは自分の子どもを亡くしたの。だからいっそうおまえを愛するようになった。そのうちおまえが本当の息子でないことなんて忘れてしまって。不幸にもジェロームは忘れてはくれなくて、三年たってもおまえの両親が捜しにこないと、おまえを施設に入れてしまえと言いだしたの。あたしがなぜあの人の言うとおりにしなかったかは、おまえも聞いたでしょう」

「施設はイヤだ」とぼくは母さんにしがみついて、さけびました。「母さん、施設はやめて」

「いいえ、施設へは行かなくていいのよ。あたしがなんとかするわ。ジェロームは意地悪な人ではないの。おまえもそのうちわかるわ。重荷を背負って、暮らしの心配もあって、気が立っているのよ。でもあたしたちが働けばいいわ。おまえも働くでしょ」

「はい、母さんがいいと思うとおりにします。施設にだけはやらないで！」

「行く必要はないわ。でもすぐに眠ること。あの人が戻ってきたとき、起きているのを見つからないようにしなければ」

キスをしてくれてから、母さんはぼくの顔を壁のほうに向けました。ぼくは眠ろうと思いましたが、眠気を覚えるには心がざわつきすぎていました。

バルブラン母さんはいい人で、ぼくにやさしくしてくれるけど、本当のお母さんではないんだ！　本当のお母さんはだれなんだろう？　もっといい人だったり、もっとやさしかったりするんだろうか？　いや、そんなことはありえない！

でもぼくがわかったこと、感じとっていたことは、本当のお父さんはバルブランみたいにこわい人ではなく、冷たい目でぼくを見たり、杖をふり上げたりしないということでした。

ぼくは眠れませんでした。早く眠らないと、バルブランが帰ってきてしまう……。

幸いにも、バルブランは予定の時間より遅く帰ってきて、そのころ、ぼくはもう眠っていたのでした。

ヴィタリス親方の一座

次の日の午前中ずっとバルブランはなにも言わなかったので、施設に入れるという計画をあきらめたのかと思い始めました。でも昼になると、バルブランは帽子をかぶって、ついてくるようにと言いました。ぼくはこわくなって、バルブラン母さんに目で助けを求めました。けれども、母さんはこっそりとぼくに「言うとおりにしなさい」と合図を送り、ぼくを安心させました。

ぼくは口答えせずにバルブランについていきました。

家から村までの道は遠く、歩いて一時間はかかります。その間、バルブランはぼくに一言も声をかけませんでした。バルブランは足を引きずりながら前を歩きました。頭は動かさず、ときどきぼくがついてきているか確かめようと、ぎこちなくふり返りました。

カフェの前を通ると、入り口のところにいたひとりの男がバルブランを呼びとめ、入るように言いました。バルブランはぼくの耳をつかみ、先に押し込み、あとから中に入って扉を閉めました。

バルブランはカフェの主人といっしょにテーブルに着き、ぼくはストーブの近くの椅子にすわって、あたりを見回しました。

ぼくがすわっているのと反対側の角には、白いひげをたくわえた背の高いおじいさんがいて、見たことがないようなおかしな服を着ていました。おじいさんの髪の毛は長いふさになって肩までたれ、緑や赤の羽根でかざった背の高いフェルト帽をかぶっています。羊の毛皮のベストの毛のついているほうを内側にして着込んでいて、その下に、以前はブルーだったらしいビロードのシャツを着ています。毛織物のゲートル（ひざ下をおおうタイツのようなもの）がひざまできていて、脚のまわりに赤いテープを交差させて巻いています。その人は椅子の上にゆったりとすわり、あごを右手で支え、ひじをひざの上に置いていました。

ぼくはこんなにも、もの静かな雰囲気の人を見たことがありません。おじいさんのそばには三匹の犬がいて、椅子の下でじっとして体をあたため合っていました。一匹は白いプードル、一匹は黒いバルベ犬、一匹はかしこそうな、やさしい様子のグレーの雌犬で、プードルは古い警察帽をかぶせられて、あごの下には革のひもが結ばれています。

ぼくがおどろいておじいさんを見ている間、バルブランとカフェの主人は小さな声で話をしていました。聞いていると、ぼくのことを話しているようです。村に来たのは、ぼくを村長さんのところに連れていって、ぼくを預かるかわりに施設に養育費を払わせるようたのんでもらうためだとバルブランは言いました。バルブラン母さんは、このことをやっと夫に承知させたのでした。

おじいさんは話を聞いているようには見えませんでしたが、実は聞いていたらしく、突然右手でぼくを指して、外国のアクセントでバルブランに言いました。

「おまえさんをわずらわせているのは、この子かい？」

「そうだよ」

「おまえさんは、施設が養育費を払うと思っているのかね？　もらえないと思うがね」

「だったら施設行きだ。他人の子をおれの家で養うよう無理じいする法律はないんだからな。おれはこの子を養いたくないんだ。道に放り出してでもやっかい払いしてやる」

「おまえさんがもうこの子を育てたくないなら、わしによこさないかね。わしが育ててやる」

「レミ！　ここへ来るんだ」

ぼくはふるえながらテーブルに近づきました。

「おいでぼうや、こわがることはない」とおじいさんは言いました。

「この子はわしが引き取ろう。でも、おまえさんから買い取るのではなく、借りるのだ。一年に二十フラン払おう」

おじいさんはポケットを探って、革のさいふを出し、中から四枚の銀貨を取り出し、テーブルの上に音をたてて置きました。

「考えてもみてくれよ」とバルブランは言いました。「この子の両親が出てきたら、育てた者にお礼をしてくれるだろ。それをあてにしていなければ、おれはけっしてこいつを育てはしなかったろう」

「もし両親があらわれて、この子を捜しにくるとしたら、あんたのところだ。知りもしないわしのところをたずねてくるわけはないだろう？」

「もし、あんたが両親を見つけたら？」

「両親が見つかったときは、礼金は山分けする約束にしよう。わしはあんたに三十フラン払う」

「四十フラン」

「いいや、この子がわしにしてくれることを考えたら、それはありえない」

「いったいこの子になにをさせようっていうんですかい？」

おじいさんはバルブランを冷ややかに見て、グラスのお酒をちびりちびりと飲みました。

「話し相手になってもらう。わしも年をとったし、夜、疲れた一日を終えて、天気が悪いときなんかは気分がふさいでしまう。この子がいれば気晴らしになるだろう。それから踊ったり、はねたりもしてもらう。つまりヴィタリス親方の一座に加わってもらうんだ」

「あんたの言う一座とやらはどこにあるんですかい？」

「ヴィタリス親方とはわしのことよ。一座はこれから紹介するよ。あんたも知り合いになりたいだろうからな」。こう言うと、おじいさんは羊の革のベストの前を開き、左の腕で胸に押さえつけていた変わった動物を取り出しました。

この動物はなんなんだろう？ というか、これは動物なんだろうか？ ぼくは初めて見るこのおかしな生き物の呼び名がわからず、びっくりして見つめていました。その動物は、金色のかざりひもでふち取りされた赤い服を着ていましたが、腕と脚ははだかで、黒い毛皮におおわれていて、白でもピンクでもありませんでした。頭も黒く、ぼくのこぶしくらいの大きさで、顔は幅広く寸づまりで、鼻の穴がはなれて、鼻は反り返っていて、くちびるは黄色でした。でもいちばんぼくがおどろいたのは、ひどくくっついたふたつの目で、よく動き、ピカピカと鏡のように光っていました。

「なんてみっともない猿！」とバルブランは言いました。

「わが一座のスターをご紹介しましょう」とヴィタリスは言いました。「ムッシュ・ジョリクールです。ジョリクール、みなさんにごあいさつしなさい」

ジョリクールは手をくちびるに持っていって、ぼくたちみんなに投げキスをしました。

ヴィタリスは白いプードルのほうに手をさしのべながら続けました。「さて、お次はカピ親方がみなさまに仲間をご紹介させていただきます」

この命令をきくと、それまで動かなかったプードルが、生き生きとうしろ脚で立ち、二本の前脚を胸の前で交差させて、警察帽が床に着くほど深く、ヴィタリスにおじぎをしました。礼儀正しいあいさつが終わると、犬は仲間のほうを向いて、胸の上に片方の脚を置きながら、もう片方の脚でこっちに来いと合図をしました。残りの二匹の犬はすぐ立ち上がりました。社交界で握手を交わすように前脚をさし出し、取り合って、六歩前に出ると、三歩うしろに下がり、おじぎをしました。

「わしがカピと呼んでいるこの犬は」とヴィタリスは続けました。「イタリア語で言えばカピターノ、犬のリーダーなんだ。いちばんかしこくて、わしの命令を伝えてくれる。この若くてエレガントな黒い毛皮の犬はゼルビノ閣下。色男という意味で、あらゆる意味で彼にふさわしい名前だ。しとやかなこのお若い方は、ドルチェ嬢。魅力的なイギリス犬で、『やさしい』という言葉にちなんだ名前なんだ。それぞれ違う特技を持ったこの立派な芸人たちと、わしはいろんなところを回って、とにもかくにも生計を立てている。かせぎがいいか悪いかはそのときの運だがな。カピ！　こっちに来て、目をビー玉のように丸くして見ているこのぼっちゃんに、今、何時だか教えてあげておくれ」

カピは交差した前脚をほどいて、ご主人のところに近づきました。羊の革のベストのポケットをくまなく探し、大きな銀時計を引っぱり出し、文字盤を見て、はっきりと二度ほえ、次に弱い声で三度ほえました。実際そのとき、時刻は二時四十五分、つまり「十五分かける三」分でした。

「よくできました」とヴィタリス。「ありがとう、カピ閣下。では次にドルチェ嬢になわとびでダンスをするよう、誘ってくれませんか」

カピはすぐに主人の上着のポケットを探して、なわを取り出しました。カピはゼルビノに合図を送り、ゼルビノはカピと向かい合いました。カピはなわのはしを投げ、二匹はゆっくりとなわを回し始めました。動きが規則的になると、ドルチェは回っているなわの中に走り込んでいき、美しく、やさしい目でご主人のことを見つめながら、軽やかにとびました。

「わしの弟子たちがどんなにかしこいかわかっただろう。でもかしこさというものは、ほかと比べて初めて評価されるものなのだ。これが、わしがこの子を一座に入れたい理由だよ。この子は頭の悪い役をして、わしの弟子たちのかしこさをいっそう際立たせるのだ」

「頭の悪いふりをするんですかい……」とバルブランは言いました。

「頭が悪いふりをするには、かしこくなければならない」とヴィタリスは続けました。「そしてこの子は少し教え込めば、うまくやれそうだ。もしこの子がかしこければ、牛のうしろで、朝から晩までいつも同じ畑を歩くかわりにヴィタリス親方といっしょに旅をして、フランスやほかのたくさんの国をめぐって、自由な生活を送ることができる。かしこくなければ、施設に行って、ひどく働かされて、ろくに食べられない生活を送ることになるのだ」

ヴィタリス親方の弟子たちは風変わりでゆかいだったし、旅は楽しいに違いありません。でも、親方たちといっしょに旅するということは、バルブラン母さんと別れるということです。とはいえ、たとえイヤだと言ってみても、きっとバルブラン母さんのところにいることはできない、施設に送られてしまう。ぼくはオロオロして、目には涙があふれてきました。ヴィタリスはぼくのほおを指でやさしくふれました。

「ああ、おじさん」とぼくはさけびました。「ぼくをバルブラン母さんのところに帰して！」

ぼくを中庭に出し、ヴィタリスとバルブランは話し合いました。

その後一時間あまりたち、バルブランがあらわれ、「家に帰るぞ」と言い、歩き出しました。

帰り道、バルブランは静かでした。

けれども家に着く十分ほど前になると、前を歩いていたバルブランが立ち止まりました。

「わかってるだろうな」とぼくの耳を乱暴に引っぱりながら言いました。「もし今日聞いたことを一言でももらしたら、ひどい目にあうぞ。わかったな！」

おどされたとはいえ、ぼくはバルブラン母さんとふたりきりになる機会を見つけて、自分の疑いについて話をするつもりでいました。でも、夜の間、バルブランは外出せず、ぼくは話す機会を見つけられないままベッドに入りました。

翌日、ぼくが目ざめると、バルブラン母さんはいません。

「母さんは？」

「あいつは村に行って、午後にならないと戻ってこない」

なぜかはわからなかったものの、母さんがいなくて、ぼくは不安になりました。母さんは、今日村に行くとは言っていませんでした。恐怖心が波のようにぼくの心に押し寄せてきました。悪い予感がします。バルブランは変な目つきでぼくを見ていました。その目つきはぼくを安心させるものとはほど遠いものでした。

バルブランの目からのがれようと、ぼくは庭に出ました。

ぼくが地面にひざと手をつき、植物を見ていると、いらいらした声でぼくの名前をどなっているのが聞こえました。バルブランがぼくを呼んでいるのです。

なんの用だろう？

ぼくは家のほうへと急ぎました。

おどろいたことに、暖炉の前にはヴィタリスと犬たちがいたのです！　すぐにぼくには、バルブランのたくらみがわかりました。朝、バルブランが母さんを村に行かせたのは、ヴィタリスが迎えにきたとき、母さんがぼくをかばうことができないようにするためだったのです。

バルブランには助けもあわれみも期待できないとわかっていたから、ぼくはヴィタリスに向かってさけびました。「おじさん、お願いです、ぼくを連れていかないで！」

ぼくは泣き出しました。

「ぼうや」とヴィタリスはやさしく言いました。「わしといっしょに来ても不幸せにはならないよ。わしは子どもをぶたないし、おまえはゆかいなわしの弟子たちと仲間になれる。なぜ悲しむんだ」

「バルブラン母さん！　バルブラン母さん！」

「どっちにしてもおまえはここにはいられないんだぞ」とバルブランはぼくの耳を引っぱりながら言いました。「この人についていくか、施設に行くか、どっちかだ！」

「イヤだ、母さん！」

「ああ、おまえにはうんざりだ！」とバルブランはひどく怒って言いました。「杖でひっぱたいてでも追い出してやる」

「この子は母親と別れたくないのだ」とヴィタリスは言いました。「それをぶつものではない」

「もしあんたがあわれみをかければ、こいつはもっと大声でわめきますぜ」

「さて、話を決めよう」

こう言うと、ヴィタリスはテーブルに五フラン銀貨を八枚置き、バルブランはそれをいっぺんにかき集めて、ポケットにしまいました。

「荷物はどこだ？」とヴィタリスはききました。

「ほれ、ここだ」とバルブランは四すみをしばった青い綿のハンカチを見せて言いました。

「さあ、ぼうや、行くぞ。ところで、この子はなんという名前なんだ？」

「レミだ」

「よし、レミ、荷物を持って、カピの前に立って、さあ、前へ進め！」

ぼくはヴィタリスのほうにあわれみを求めて手をさしのべ、次にバルブランのほうにもさしのべました。けれどもふたりとも顔をそむけました。ヴィタリスがぼくの手首をつかむのがわかり、歩

き出すよりほかありませんでした。

ああ、大好きなわが家！　敷居をまたぐとき、ぼくは自分の体の一部分を残してきたような気がしました。涙でくもった目であたりを見わたしましたが、助けてくれそうな人はだれもいません。道にも、近くの野原にも人っ子ひとりいないのです。

ぼくは呼びました。「母さん！　バルブラン母さん！」

でも、だれもこたえてはくれず、ぼくの声は泣き声に変わりました。ぼくはついていくしかありませんでした。

「よい旅を！」とバルブランはさけび、家の中に入りました。ああ、もう終わりです。

「さあ、レミ、歩け」とヴィタリスは言い、ぼくの腕をつかみました。

ぼくはヴィタリスのそばを歩いていきました。幸いにもヴィタリスはそれほど速く歩きませんでした。たぶんぼくの歩幅に合わせてくれたのでしょう。

ぼくたちが登る道はジグザグの山道で、曲がり角にさしかかるたびに、バルブラン母さんの家はどんどん小さくなっていきました。もう二度と、あの家を見ることはないでしょう。

「少し休ませてくれませんか？」とぼくはヴィタリスにききました。

「いいとも、ぼうや」

ぼくは土手にすわって、涙でかすんだ目でバルブラン母さんの家を探しました。下のほうには、ぼくたちが登ってきた谷が見え、ところどころに野原や森がありました。それよりはるか下に、ぼくが育ってきた母さんの家がぽつんとありました。そして
ふいに村から家への道に白い帽子が見えました。帽子は木々の茂みにかくれたかと思うと、またあらわれました。かなり遠かったので、ぼくは帽子の白さしか見定めることができませんでした。まるで淡い色の春のちょうちょが木の枝の間を飛んでいるかのようでした。でも、目で見るより、心の目で見るほうがずっと物ごとがよく見えるときがあるものです。ぼくはバルブラン母さんだと直感したのです。

母さんは家の中に入ると、すぐに出てきて、両腕をさしのべながら庭のあちこちを走り回りました。ぼくを探しているんだ！　ぼくは身を乗り出して、力の限りさけびました。

「母さん！　母さん！」

しかし、声は谷をおりていくことも、小川のせせらぎの音に打ち勝つこともなく、消えてしまいました。

「どうしたんだ、気がおかしくなったのか？」とヴィタリスはききました。

ぼくは答えずに、バルブラン母さんに目をじっと注いでいました。けれど母さんはぼくがこんな

に近くにいるとは知らず、顔を上げようともしません。母さんは庭を横切り、道へ戻ってくると、そこらじゅうを見て回りました。ぼくはもっと大きな声でさけびました。けれど最初のさけび声と同じようにむだに終わりました。

ヴィタリスも事態を察したのか、土手の上へと登ってきて、すぐに白い帽子を見つけました。

「かわいそうな子！」とヴィタリスは小さな声で言いました。

その同情の言葉に勇気づけられて、「ああ、お願いです、家に帰してください」とぼくは言いました。

けれどもヴィタリスは、手首をつかんでぼくを道へおろし、「もう十分休んだだろ、ぼうや」と言いました。はなしてもらいたかったけれど、ヴィタリスはしっかり手首をつかんではなしません。

「カピ、ゼルビノ！」とヴィタリスは言いました。

二匹の犬がぼくを取り囲み、カピはうしろに、ゼルビノは前に立ちました。

こうなるとヴィタリスについていくよりしかたありません。

何歩か進むと、ぼくはふり向きました。もう山のてっぺんを越えていて、谷も、ぼくたちの家も見えなくなっていました。

初めての友だち

ぼくたちはロワール川盆地とドルドーニュ川盆地の境目あたりの山の頂上にいました。ヴィタリスはぼくの手首をつかみ直し、ぼくたちはすぐに南向きの斜面を下り始めました。

十五分ほど歩いて、ヴィタリスはぼくの腕をはなしました。

「さあ、わしのそばをゆっくり歩きなさい。でも、もし逃げようとしたら、カピとゼルビノにつかまるということを忘れずにな。こいつらの歯は鋭いぞ」

逃げ出す……今、それは不可能だし、試してみるのさえむだだとぼくは感じていました。ぼくはため息をつきました。

「おまえは悲しくてしかたないのだね」とヴィタリスは続けました。「わしにはわかる。もし泣きたいのなら、好きなだけお泣き。でも、わしといっしょに来るのは、悪いことじゃないと考えるようにしてごらん。いっしょに来なければどうなっていたかね？　きっとおまえは施設に送られていただろう。おまえを育ててくれた人たちは本当の父さんと母さんではない。育ての母さんはおまえが言うように、やさしくて、おまえもその人を愛している。だからこそおまえも別れが悲しいのだろう。でも、考えてもごらん、その人は夫からおまえを守り抜くことはできなかったろう。その夫とて、おまえが思っているほど悪い人ではないのだ。彼には生きていくための蓄えはないし、体が不自由だし、働くことすらできない。だからおまえを養えば、自分たちも飢えて死んでしまうと考えたのだ。ぼうや、たいていの場合、人生は闘いで、思うようにならないということを覚えておき」

それは賢者の言葉、少なくとも多くの経験を積んだ人の言葉でした。しかし、そのとき、どんな言葉よりずっと重くぼくの心にのしかかっていたもの——それは別れでした。ぼくは育ててくれた人、かわいがってくれた人、そしてぼくが愛している人に二度と会うことはできないのです——母さんに。こう考えると、ぼくはのどがしめつけられて、息が苦しくなりました。

「わしが言ったことをよく考えるんだ、ぼうや」とヴィタリスはときどきくり返しました。「おまえはわしといっしょに来ても、それほど不幸せにはなるまいよ」

結局のところ、この背の高い、白いひげをたくわえたおじいさんは、初めに思っていたような恐ろしい人ではないのかもしれないし、情け容赦のない親方でもないのかもしれません。

ぼくたちは長いこと、わびしい道を歩きました。荒れ地を過ぎても、ヒースの生えた野原があるだけでしたし、あたりを見わたしてみても、丸い丘の頂が見えるだけでした。

こんなに長い距離を一度に歩いたのは初めてでした。親方は、ジョリクールを肩の上にのせたり、かばんの上にのせたりしながら、大きな歩幅で規則正しく歩き、犬たちは彼のまわりをちょこちょこと歩いていました。ときどきヴィタリスは、犬たちにやさしい言葉をかけました。あるときはフランス語で、またあるときはぼくの知らない外国語で。

ヴィタリスも犬たちも疲れるなどということは思いもよらないようでした。けれどもぼくはそうはいきません。ぼくは疲れ切っていました。体のだるさに、気持ちの重さが加わって、まさに精根尽き果てていました。ぼくは足を引きずり、親方についていくのがやっとでした。でも、休みたいとは言い出せませんでした。

「木靴をはいているから疲れるのだ」とヴィタリスは言いました。「ユッセルの町に着いたら、革靴を買ってあげよう。ビロードのズボンと上着と帽子もな」

この言葉はぼくを元気づけました。

革靴！　ビロードのズボン！　上着！　帽子！

ユッセルがまだ遠いなんて、がっかりだ！　六リュー（約二十四キロ）先に革靴やビロードのズボンが待っているとしても、ぼくはそんなに遠くまで歩けそうにはありませんでした。

幸いにも、天気が味方をしてくれました。出発するときには青かった空は、だんだんと灰色の雲におおわれていきました。しばらくすると細かい雨が落ちてきて、なかなかやみそうにありません。羊の革のベストを着ていたので、ヴィタリスはぬれませんでしたし、ジョリクールは、雨の最初の一滴が落ちてきたとき、すばやく親方のベストの中に入り込んだので、雨をよけることができました。でも、犬たちとぼくは、体をおおうものがなくて、すぐにびしょぬれになってしまいました。犬たちはときどき、ぶるっと体をふって水をはらいのけていましたが、ぼくはそれもできません。水の重さと冷たさに耐えながら歩くよりほかありませんでした。

「おまえはかぜを引きやすいたちか？」と親方はたずねました。

「わかりません。かぜを引いた覚えはないんだけど」

「それはよかった。おまえにもとりえがあるんだな。とはいえ、むやみにぬれてもしかたない。今日はこれ以上行くのはやめだ。そこに村があるから、泊まろう」

けれども、その村に宿屋はなく、泥だらけの子どもと三匹の犬を連れたみすぼらしい男を泊めてくれる人はいませんでした。

「ここは宿屋じゃないんだ」と村人は言い、ぼくたちの鼻先で扉を閉めました。ほかの家に行ってみても、扉は開けてもらえません。

もう休まずに、ユッセルまでのあと四リュー（約十六キロ）の道を歩くしかないのでしょうか？　夜になりつつありました。ぼくたちは雨のせいで冷え、ぼくは脚が木の棒のようにこわばっているのを感じていました。

とうとう情け深い農家の人が、納屋の扉を開けてくれました。でもその人は、ぼくたちを納屋に通す前に、火事が心配だから火をたかないようにと言いわたしました。

「マッチを預かるよ」と農家の人はヴィタリスに言いました。「明日、出発するときに返してやる」

ただこれで少なくとも、屋根の下にはいられ、雨で体がぬれることはなくなりました。

ぼくは疲れ切っていて、木靴で足の皮がむけ、ぬれた服のせいでふるえていました。もう夜はふけていました。けれどぼくは眠ることはできませんでした。

「歯がカチカチいってるな」とヴィタリス。「寒いのか？」

「少し」

リュックサックを開ける音がしました。

「わしは衣装持ちじゃあないが、ほら、乾いたシャツとベストがある。ぬれた服をぬいで、これを着なさい。そしてシダの葉の下にもぐりこめば、少しはあったかくなって、眠れるはずだ」

けれどもすぐにあたたまることはできませんでした。ぼくはシダのベッドの上で何度も寝返りを打ちました。あまりにもつらくて、あまりにも不幸せで、眠ることができなかったのです。これから先もいつもこんなふうなのだろうか？　雨の中を休まずに歩いて、納屋で寝て、寒さにふるえて、夕はんには乾いた一切れのパンしかなくて、だれもぼくをかわいそうに思ってくれなくて、愛する人もいなくて、それにバルブラン母さんもいなくて！

考えていると、悲しくなって、目に涙があふれてきました。そのとき、生あたたかい息が顔にかかるのを感じました。手をのばしてみると、カピのクリクリした毛にふれました。カピはそっとシダの上を歩いて、ぼくのほうに寄ってきたのでした。ぼくのにおいをかぎ、フンフンと鼻でやさしく息をして、その息はぼくの顔と髪の毛にかかりました。

やがてカピはぼくにくっついてシダの上に横になり、そろそろとぼくの手をなめました。このかわいいしぐさにぼくは胸がいっぱいになりました。ぼくは少し体を起こして、カピの冷たい鼻にキスをしました。カピは小さく声をあげました。そして前脚をぼくの手にさし入れ、じっとしていました。

ぼくは疲れも悲しさも忘れました。しめつけられていたのどがゆるんで、息をすることもできました。ぼくはもうひとりではありません。友だちができたのです。

レミ、デビューをかざる

次の日、ぼくたちは朝早く出発しました。

雨のあとで、空は青く、夜の間に吹いた乾いた風のおかげで、ぬかるみは少なくなっていました。道ばたに植わった木の茂みで鳥たちが楽しげに歌い、犬たちはぼくらのまわりをとびはねました。ときおりカピはうしろ脚で立ち上がり、ぼくの顔を見て、二回、三回とほえました。ぼくにはすぐその意味がわかりました。

「がんばれ、がんばれ！」、そう言っていたのです。

カピはとてもかしこい犬でした。なんでもわかるし、人にわからせることもできました。カピにできないのは話すことだけだと、みなは言っています。でも、ぼくはそうは思いません。カピはしっぽだけでも、たいていの人が舌や目を使うよりもずっとかしこく、雄弁になにかを伝えることができました。とにかく、カピとぼくの間で言葉はいらなかったのです。ぼくたちは出会った最初の日から、すべてをわかり合っていました。

ユッセルの町に着きましたが、ぼくはこの町にたいして心をひかれませんでした。ぼくの頭の中をしめていたのは、靴屋のことだけでした。

約束どおり、ヴィタリスは革靴を買ってくれました。ぼくは、木靴の十倍は重い、鋲のついた靴をはく幸せをかみしめたのです。

親方の気前のよさはそれだけでは終わりません。革靴のあとには、青いビロードの上着と、ウールのズボンと、フェルト帽を買ってくれました。

ぼくはそのきれいな服を早く身につけてみたくてたまりませんでした。けれどヴィタリスはぼくにわたす前に服を作り変えて、ぼくをおどろかせ、がっかりさせたのです。宿屋に戻るとヴィタリスはリュックサックからはさみを取り出して、ズボンの脚をひざのところで切りました。

「これでおまえはほかの子と違って見えるだろ」とヴィタリス。「わしらはフランスにいる。だからおまえはイタリアふうの服の着こなしをするんだ。もしわしらがイタリアに行ったとしたら、わしはおまえにフランスふうの着こなしをさせるよ」

この説明を聞いて、ぼくはますますびっくりしました。

「わしらは何者だ？　芸人だ。そうだろ？　芸人は変わった身なりをして、人になんだろうと思わせなければ。もしわしらが町人や農民のような服を着て、町の広場にあらわれたら、だれもわしらに目をとめてくれないし、立ち止まってもくれやしない。そうだろ？　生きていくうえで、見た目はとても大事なものだ。覚えておくんだな」

こうしてぼくは、朝はフランス人だったのに、夕方にはイタリア人になったというわけです。ズボンはひざ丈になったので、ヴィタリスは長靴下の上から脚をおおうように赤いひもを交差させて巻きつけ、とめました。フェルト帽にもリボンをつけて、ウールでできた花をかざりました。

「さて、身じたくができたな」とヴィタリスはぼくが帽子をかぶり終わったところで言いました。「仕事を始めよう。明日は市の立つ日だから、すばらしい興行をして、そこでおまえはデビューするんだ」

デビューするとはどんなことかとぼくがたずねると、ヴィタリスは観客の前で初めて芝居をしてみせることだと説明しました。

「明日、わしらは初興行で、おまえも出演するのだ。おまえに役の練習をさせなければ」

ぼくはおどろいて、目で「なにもわからないんですが」と訴えかけました。

「役というのは、この芝居の中でおまえがやる役割のことだ。おまえの仕事は、犬たちやジョリクールといっしょに芝居をすることなんだよ」

「でも、ぼく、芝居なんてできません！」とぼくはびっくりしてさけびました。

「だからわしが教えてやろうというのだ。おまえにもわかるだろう。カピがうしろ脚であんなにも優雅に歩くのは、生まれつきじゃあない。ドルチェがなわとびの中でダンスをするのも、遊びでやっているわけじゃあない。あの子たちは芸ができるようになるまで、たくさん、長い時間、けいこをして、役もこなせるようになったんだ。おまえもいろいろな役をこなせるようになるために、けいこをしなければ。さあ、とりかかろう」

ヴィタリスは続けました。「わしらがする芝居は『ムッシュ・ジョリクールの召し使い。まぬけはこちらのほうでした』という題だ。あらすじはこうだ。ジョリクール氏は召し使いをひとりやとっていて、とても満足していた。これはカピだ。でもカピは年をとってしまったし、ジョリクール氏は新しい召し使いをやとおうと思っている。カピは召し使い探しを引き受ける。でもカピのあとを引き継ぐのは犬ではなく、農家の男の子で、名前をレミという」

「ぼくと同じ名前？」

「いいや、同じ名前ではなく、おまえ自身なのだ。おまえはジョリクール氏に仕えるために村から出てきたのだ」

「猿は召し使いなんてやとわないよ」

「芝居の中ではやとうのだ。おまえはまぬけだとジョリクール氏に思われる」

「あんまりおもしろくないなあ」

「人が笑えば、そんなことはどうでもいいじゃないか。本当にどこかのお屋敷で召し使いになったと想像してごらん。そしてたとえばテーブルの用意をするように言いつけられる。ほらちょうど、芝居で使うテーブルがある。こっちに来て、食器を並べて」

そのテーブルの上には、皿とグラスとナイフとフォークと白い布が置いてありました。

いったいどうやって並べればいいんだろう？　この疑問が頭の中をグルグル回り、ぼくは前かがみになって、腕を前につき出し、ポカンと口を開けて、どこから手をつけたらいいのかわからずにいました。親方はゲラゲラ笑いながら手をたたきました。

「ブラボー！　完ぺきだ。おまえの表情はすばらしい」

「ぼく、どういうふうにしたらいいかわからないんです」

「そこがいいんだ」

『ムッシュ・ジョリクールの召し使い』は長い芝居ではなく、上演時間はせいぜい二十分くらいでした。けれどもけいこは三時間にもおよびました。ヴィタリスは犬たちとぼくに二回、四回、十回と同じことをさせました。

ぼくは親方のしんぼう強さとやさしさにおどろきました。ぼくの村では、動物をこんなふうに扱う人はいなかったからです。村ではののしり、なぐって、動物たちをしつけるのです。

　仲間の犬と猿は人前に出ることに慣れていたから、ぼくよりずっと先を行っていて、不安もなく次の日になるのを待っていました。四匹にとっては、もう百回も千回もやったことを、くり返すだけなのですから。

　でもぼくは、四匹のように心安らかではいられません。もしぼくが演技を失敗したら、ヴィタリスはなんと言うだろう？　見物のお客さんはなんと言うだろう？　心配で眠れず、いざ眠ってからは、お客さんたちがぼくのことをバカにして、大笑いしている夢を見てしまうほどでした。

　次の日になっても、ぼくはドキドキしていました。ぼくたちは、興行をする広場に行こうと宿を出発しました。

　ヴィタリスは先頭に立ちました。頭を高く上げ、胸を張り、金属でできた小さな横笛、ファイフでワルツをかなでながら、手足で拍子をとっていました。親方のうしろにはカピが続き、その背中にはジョリクール氏がゆったりとのり、金のかざりひもがついた赤い服と大きな羽根をかざった帽子というイギリスの将軍の制服を着ていました。少し距離をおいて、ゼルビノとドルチェが続きます。最後にぼくが列に並びました。ぼくたちは親方に指示されたように間隔を開けて並んだので、行列は長く、通りのかなりの場所をしめていました。

でも、ぼくたちのはなばなしいパレードよりも人の注意を引いたのは、よく響くファイフの音でした。その音は家の奥にまで響きわたり、ユッセルの住民たちの好奇心を呼びさましました。人々はぼくたちを見ようとかけ出してきました。窓という窓のカーテンが、さっと引き上げられました。子どもたちが何人か、ぼくたちのうしろについてきました。農家の人たちがびっくりした顔で子どもたちに加わりました。広場に着いたときには、ぼくたちのうしろ、そしてまわりには列ができていました。

興行の第一部は、犬たちが演じるいろいろな芸でした。でも、どんなふうだったかはわかりません。ぼくは自分の役をおさらいするのに忙しかったし、緊張していたからです。

ぼくが覚えているのは、ヴィタリスがファイフをバイオリンにかえ、犬の芸に合わせて、あるときにはダンス曲を、あるときはゆったりとやさしい音楽を弾いたということだけです。

第一部が終わると、カピは皿をくわえて、うしろ脚で歩き、「ご見物のみなさま」の間を回り始めました。皿に小銭を入れてくれない人がいると、カピは立ち止まり、皿を人の手の届かないところに置いてから、二本の前脚を気むずかしいその客にかけ、二、三度ほえ、開けてくれと言わんばかりにポケットのところを軽くたたくのでした。観客たちは大騒ぎして、うれしがったり、ひやかしたりしました。そしてしまいには、かくしてあったところから小銭が引っぱり出されました。カピは親方のところに、小銭でいっぱいになった皿を、得意そうに持ち帰りました。

さて、ジョリクールとぼくの芝居が始まります。

「紳士淑女のみなさま」とヴィタリスは片方の手にバイオリン、もう片方の手に弓を持ち、大きな身ぶりで言いました。「お次は『ムッシュ・ジョリクールの召し使い。まぬけはこちらのほうでした』というゆかいな喜劇をごらんにいれます」

ヴィタリスの言う「ゆかいな喜劇」は、本当のところパントマイム、つまり身ぶりだけで言葉を使わず演じる劇でした。それはそうなるのが当たり前でした。だって重要な役のうちのふたり、ジョリクールとカピは話すことができないし、三人目の役者――ぼくのことですが――はせりふを言うことはできないのですから。

とはいえ、役者たちの芝居を理解しやすいよう、ヴィタリスはところどころで様子がわかるような言葉をつけ加え、説明していました。

ヴィタリスは軍隊調の音楽を演奏し、ジョリクール氏の登場を告げました。ジョリクール氏はイギリスの将軍で、インドの戦争で出世し、富を手に入れたのです。ジョリクール氏は召し使いとしてカピをやとっていましたが、財産ができたので、ひとつぜいたくをして、人間を召し使いにしたいと思いつきました。動物は長いこと人間の奴隷でした。今こそ、立場が入れかわるときなのです。

召し使いが到着するのを待ちながら、ジョリクール将軍は、葉巻を吸い、あちこちを歩き回り、観客の鼻先に煙を吐き出しました。将軍はせっかちで、だれかが怒っているときにするように、大きな目をグルグルと回し始め、くちびるをかみ、足を踏み鳴らしました。

三度目に足を踏み鳴らしているとき、ぼくはカピに連れられて、舞台に入っていかなければなりません。もしぼくが忘れていたら、カピが思い出させてくれたことでしょう。ちょうどいいときに、カピは脚をぼくにさし出し、将軍に紹介しました。

将軍はぼくを見て、がっかりだというように両手を上げました。なんだと、こんなやつがわしの召し使いになるのか？　将軍はぼくをバカにしてながめ、肩をそびやかしてぼくのまわりを回りました。彼の表情はとてもおもしろかったので、みんな大声で笑いました。お客さんには、猿がぼくをまぬけだと思っていることがわかったし、お客さんもまたぼくをまぬけだと思っていました。

芝居はいろいろな面から、ぼくのまぬけさかげんを見せつけるように作られていました。どの場面でもぼくは新しくバカなことをしでかし、反対にジョリクールは、頭のよさと器用さを披露するのです。

将軍はぼくをしげしげと観察したあと、かわいそうになり、昼ごはんを食べさせることにします。ぼくは小さなテーブルの前にすわりました。テーブルの上には食器があり、皿の上にはナプキンが置いてあります。

それにしても、このナプキンはどうやって使うんだ？　いろいろと考えた末、ぼくは鼻をかむしぐさをしました。将軍は身をよじって笑いました。カピはぼくのまぬけぶりにあきれて、四本の脚を上に向けてひっくり返りました。

まちがえたとわかり、ぼくはもう一度ナプキンを見て、どうやって使おうか考えました。とうとういい考えが浮かびました。ぼくはナプキンを巻いてネクタイにしました。将軍はまた笑い、カピはまたひっくり返りました。そんなことが続き、将軍はいら立って、ぼくを椅子から押しのけて、かわりにすわり、ぼくが食べるはずだったごはんを食べました。

将軍はナプキンを使うすべを心得ていました。どれほど優雅に制服のボタンの穴に通し、ひざの上に広げたことか！　そしてどれほどエレガントにパンをちぎり、グラスを空にしたことか！

しかし、ジョリクールのすばらしいマナーが、観客にものすごい反響を巻き起こしたのは、最後につまようじをもらって、すばやく歯に使ったときでした。四方八方から拍手が巻き起こり、芝居は大成功のうちに終わりました。

「猿はかしこいな！　それに比べて召し使いはまぬけだな！」

宿に帰ると、ヴィタリスはぼくをほめてくれました。ぼくはすっかり得意になりました。

ヴィタリスの裁判

ぼくたちは、ある晩、川のほとりの、豊かな平野のまんなかにある大きな町に着きました。大部分の家は赤レンガでできていて、ぶかっこうでした。道はゴツゴツした小石でほそうされていて、昼間、何リューもの道を歩いてきたぼくたち旅行者にとっては歩くのに骨が折れました。

親方はここ、トゥールーズには、長く滞在することになるだろうと言いました。

ぼくたちは遊歩道のひとつに陣取りました。最初の興行からたくさんのお客さんが集まりました。ところが不幸なことに、この遊歩道を警備している警官が、ぼくたちがいる場所にふきげんな顔でやってきて、この場所を立ちのくようにと言ったのです。

親方は、少なくとも今は、貧しくて、年老いた、旅芸人にすぎないけれど、誇り高い人物でした。そのうえ「権利の観念」というものを持っていました。つまりぼくに説明してくれたところによると、人は法律や警察の規則に反することをしていなければ、反対に保護されるべきだと考えていたのです。

というわけで親方は、遊歩道を出ていけという警官の命令に従うことを拒否しました。

その日は、警官はぼくたちに背を向けて行ってしまいました。親方はわざとらしい尊敬の念をあらわしながら、手に帽子を持ち、腕を丸めながら深くおじぎをしていました。

しかし次の日、警官はまたやってきました。ぼくたちは綱を張って劇場のかわりにしていましたが、その綱を越えて、芝居をしているところに入ってきたのです。

「犬には口輪をはめなきゃいかん」と警官はきびしい口調でヴィタリスに言いました。

「わしの犬に口輪をつけるなんて！」

「警察の規則に書いてある。あんたは知っているはずだ」

ぼくたちは『下剤をかけた病人』を演じているところで、トゥールーズでの最初の興行だったので、お客さんは熱心に見ていました。警官がじゃまをすると、みなが抗議をしました。

「じゃまするな！」

「芝居を続けさせろ」

けれどもヴィタリスは動作でお客さんたちを静めました。フェルト帽をぬぎ、帽子の羽根が地面にふれるほど深々と、警官に向かっておじぎをしたのです。

「お上を代表する栄えあるお方は、わたくしが役者たちに口輪をはめさせねばならないとおっしゃるのですね」とヴィタリス。

「そうだ、犬に口輪をはめるんだ。早くしろ」

「カピ、ゼルビノ、ドルチェに口輪をしろと！」。ヴィタリスは警官よりもむしろお客さんに伝えようとさけびましたが、警官はそうとは気づいていないようでした。「お偉いお医者さまであるカピといえども、患者が口輪をはめているときにどうやって薬を与えることができるというのでしょうか？」

この言葉を聞いて、見物人からどっと笑いが起きました。

お客さんたちがヴィタリスに味方しているのは明らかでした。見物人は警官をバカにしていましたが、とりわけジョリクールのおどけた表情を楽しんでいました。ジョリクールは「お上を代表する栄えあるお方」のうしろにいて、ゆかいな表情や大げさな身ぶりで、警官のやるとおりに腕組みをしたり、腰にこぶしを当ててふんぞり返って立っていたり、頭をうしろに反らせていたりしていました。ヴィタリスの演説にいら立ち、見物人に笑われて怒り、警官は突然くるりと背を向けました。ところが警官はそこで、猿がからいばりして、腰に手を当てているのを見てしまいました。少しの間、警官と猿は、顔を突き合わせていました。また大笑いが起こりました。

「もし明日になっても犬が口輪をつけてなければ」とこぶしをつき上げておどすように警官は言い

ました。「あんたを裁判にかけてやる。覚えとけよ」

ぼくは親方が犬につける口輪を買いにいくと思いました。けれど彼はそうはせず、警官との争いについても話すことなく、夜はふけていきました。

そこでぼくは思い切って親方に言ってみました。

「もし明日、芝居の間、カピが口輪をこわさないようにしたいなら、先に少しつけて慣らしてみたほうがいいんじゃない」

「おまえはわしが犬たちに鉄の金具をはめると思っているのか？」

「だって、警官は親方にひどいことをしようとしているのに」

「落ち着くんだ。明日は、警官がわしを裁判に引きずり出せないように、そしてわしの弟子たちがかわいそうなことにならないようにうまくやるから。それに少しばかり見物人を楽しませられるしな。あの警官はわしらをもうけさせてくれるぞ。やつは知らないうちに、劇でわしが用意した道化役を演じることになるんだ。お笑い劇の始まりだ」

翌朝、ぼくはいつもの場所に行って、綱を張りました。ハープを弾き始めるやいなや、いろいろなところからお客さんがかけつけてきて、ぼくが作った囲いのところでひしめき合いました。

このところ親方はぼくにハープを練習させていて、ぼくは覚えた曲をそこそこ弾けるようになっ

ていました。なかでもナポリ民謡を弾きながら歌うと、必ず拍手が巻き起こるのです。

親方があらわれないうちに、警官がやってきました。ジョリクールが気づいて、すぐに腰に手を当て、ふんぞり返って、頭をうしろに反らせ、こっけいな姿でぼくのまわりを歩き始めました。お客さんは大笑いして、拍手喝采しました。警官は面くらって、ぼくに怒りの目を向けました。警官を取り返しのつかないところまで怒らせてはいけないので、ぼくはジョリクールを呼びました。でもまったく言うことをききません。この遊びがおもしろくてたまらない様子で、ぼくがつかまえようとしてもそうはさせないのです。

どうしてそうなったのかはわかりません。怒りにわれを忘れた警官は、ぼくが猿をけしかけていると思ったのでしょう、綱を飛び越えてきました。あっという間にぼくにとびかかり、平手打ちをしたので、ぼくは倒れそうになりました。なんとか足を踏みしめて、目を開けると、いつの間にかヴィタリスがぼくとこぶしをふり上げた警官の間に入って、警官の手を押さえていました。

「この子をなぐるな」とヴィタリス。「ひきょうだぞ」

警官は手をふりほどこうとしましたが、ヴィタリスは手に力を入れました。少しの間、ふたりの男は目と目を合わせて、にらみ合っていました。警官はひどく怒っていました。

「いったいわしらをどうしようというのだ?」とヴィタリスはたずねました。

「あんたを逮捕する。署までついてこい」

ヴィタリスはもうすっかり冷静になっていて、なにも言い返さず、ぼくのほうを向きました。

「宿へ帰って、犬たちといっしょにいなさい。あとで言づてをよこすから」

ぼくはとても悲しく、また心配しながら、宿屋に戻りました。

そのときにはもう、ヴィタリスはぼくにとってこわい人ではなくなっていました。こわいと思っていたのは、出会って最初の数時間だけでした。すぐにぼくはヴィタリスにひかれ、心から好きになり、その気持ちは日ごとに大きくなっていったのでした。ぼくたちは生活をともにし、朝から夜までいっしょにいて、ときには夜から朝までも同じわらの中で眠ったのです。どんな父親だって、親方がぼくに向けたような愛情を持って育ててはくれなかったでしょう。ヴィタリスはぼくに読むこと、歌うこと、書くこと、計算することを教えてくれました。寒い日は、いっしょの毛布に入れてあたためてくれましたし、暑さがきびしい日には、ぼくが背負っている荷物をいっしょに持ってくれたりもしました。食事のときには、食べ物のおいしいところをひとりじめして、ぼくにおいしくないほうをわたしたりせず、それどころかいい部分も悪い部分も公平に分けてくれました。本当のことを言えば、何度か耳を引っぱられたり、たたかれたりしたこともありましたが、こういうお仕置きにしても、ぼくたちがいっしょにいるようになって以来、親方がぼくにかけてくれた言葉、やさしさを忘れさせるものではありませんでした。親方はぼくを愛し、ぼくも親方を愛していたのです。だからはなればなれになるのはつらいことでした。

ぼくたちはいつまた会えるんだろう？　いったいどれくらいの間、牢屋に入れられるんだろう？　その間、ぼくはどうすればいいんだろう？　どうやって生活するんだろう？

親方はいつもお金を自分の身につけていて、警官に連れていかれる前に、ぼくにお金を渡す時間はありませんでした。ぼくのポケットには何スー（当時のフランスのお金の単位）かがあるきりです。これでジョリクール、犬たち、ぼくのみんなが食べていくのに足りるのでしょうか？

三日目になって、ひとりの男がヴィタリスの手紙を持ってきました。その手紙によれば、親方は警官に抵抗して、暴力をふるった罪で、次の土曜日まで、裁判所の牢屋に入れられるということでした。

「怒りのあまり、高くつくあやまちをおかしてしまった。裁判を見にくれば、おまえも教訓を得ることができるだろう」と書き加えてありました。親方はぼくがどう過ごすべきか助言をして、最後にぼくにキスをおくる、親方のかわりにカピとジョリクールとドルチェとゼルビノをなでてやっておくれと結んでありました。

ぼくがこの手紙を読んでいる間、カピはぼくの脚の間にすわって、鼻を上に向けて、フンフンとにおいをかいでいました。カピのしっぽの動きは、「においをかげば、この手紙はご主人さまの手から来たとわかるんですよ」と言っているようでした。この三日間でカピがうれしそうな様子を見せたのは、これが初めてのことでした。

だれかが裁判が始まるのは十時からだと教えてくれました。土曜日の九時、ぼくは出かけ、裁判所の扉にもたれて待ち、まっ先に部屋に入りました。少しずつ室内は人でうまっていき、警官と争ったときその場にいた人もいました。

「さて、あなたは逮捕しようとした警官を何度もなぐったと認めるんだね？」と裁判官。

「いえ、裁判官どの。何度もではなく一度だけです。それも警官がしめつけるのをほどこうとして、はずみで起きたんです。芝居をやる場所にわしが着いたとき、警官が一座の子どもを痛めつけようとしているのを見たのです」

「その子はあなたの子ではないのだね？」

「違います、裁判官どの。しかし、わしが本当の息子のようにかわいがっている子です。その子がなぐられるのを見て、わしはカッとして、警官の手をつかんで、子どもがもう一度なぐられないようとめたんです」

「では、警官に質問をします」

警官は起こったことを話しました。が、なぐられたことよりも、自分がからかわれ、声やしぐさをバカにされたことを強調してみせました。

この証言に耳をかたむけるかわりに、ヴィタリスは部屋じゅうを見わたしていました。ぼくを探しているとわかりました。そこでぼくはかくれているのをやめ、好奇心いっぱいの人の間をすり抜け、最前列に行きました。親方はぼくを見つけると、悲しそうだった顔がパッと輝きました。ぼくを見てうれしくなったんだと思うと、思わず涙があふれました。

「これで終わりだが、なにか言いたいことはあるかね？」

「わしについてはなにも言うことはありません。けれどもわしが心から愛している子、わしが牢屋に入ったらひとりぼっちになってしまう子のために、どうか寛大なおさばきを、できるだけはなればなれになる期間が短くなるよう、お願い申し上げます」

ぼくは親方が自由の身になると信じていました。けれどもそれどころではありませんでした。裁判長はおごそかな声で、ヴィタリスを警官への侮辱と暴行の罪で二か月の禁固刑（牢屋に入れられること）と百フランの罰金に処すと告げたのでした。

二か月の禁固刑！　二か月の別れ！

その間、ぼくはいったいどこにいればいいんだろう？

白鳥号との出会い

悲しい気持ちのまま、目をまっ赤にして宿屋に戻ると、宿屋の主人が言いました。

「おまえの親方はわたしにすでに借金があるんだ。払ってもらえるかどうかもわからないのに二か月も、おまえを置いておくわけにはいかんのだ。さあ、出てってもらおうか」

ぼくは少しの間、ぼう然としていました。ぼくは馬小屋に入って、犬とジョリクールをはなし、かばんのバックル（留め金）をとめ、ひもでハープを肩に背負い、宿屋を出ました。

ぼくのポケットには十一スーしかありません。とはいえ、ぼくは座長で、両親のいない子どもだけど家長なのです。ぼくは責任を感じていました。

早足で歩きながら、犬たちは頭を上げて、ぼくを見ました。言葉はなくとも、なにを言いたいかすぐにわかりました。おなかがすいているのです。

ぼくのかばんの上にのっていたジョリクールは、ときどきぼくの耳を引っぱって、自分のほうを向かせようとしました。そして自分のおなかをさすってみせましたが、その動作は犬たちの目つきと同じように、おなかがすいたと語っていました。

二時間近く、ぼくたちは歩き続けました。犬たちの目はますますすがるような表情になり、ジョリクールはぼくの耳を引っぱっては、ますます強くおなかをさするようになりました。やっとトゥールーズから十分にはなれたところまで来たので、ぼくは最初に目についたパン屋さんに入りました。ぼくは一リーブル半（約七百五十グラム）のパンをたのみました。

おかみさんはぼくがわたした八スーを引き出しにしまい、ぼくは手にパンをしっかりとかかえて店を出ました。犬たちはうれしそうにぼくのまわりをとびはね、ジョリクールはぼくの髪の毛を引っぱって、小さな声をあげました。

最初に見つけた木のところで、ぼくはハープを幹に立てかけて、草の上にゆったりとすわりました。パンを分けるのは気をつかう作業でした。ぼくはまずできるだけ公平に五つに分け、むだにならないように薄く切ってから、みんなで順番に一切れずつ食べました。

しばらく休んだあと、ぼくは出発の合図をしました。野宿をすれば、宿のお金は節約できるとしても、明日の昼ごはんのお金はかせがねばならないのです。

一時間ばかり歩いたところで、ある村に着きました。

かなり貧しい村のようで、実入りは少なそうだけど、ぼくはがっかりはしませんでした。実入りはそれほど多くなくてもいいし、村が小さければ小さいほど、警官に出くわす危険がなくなると思ったのです。

ぼくは芸人たちに衣装を着せ、できるだけ立派に行列を整えて、村へ入っていきました。残念なことに、ヴィタリスの笛はありませんでしたし、鼓笛隊の隊長のように人目を引く彼の姿もありません。ぼくは親方みたいに大柄ではないし、表情も生き生きしていません。それどころか背は小さく、やせていて、顔は自信があるというよりはむしろ心配そうでした。

村のまんなかの小さな広場に着くと、プラタナスの木かげに泉がありました。ぼくはハープを手にとって、ワルツを弾き始めました。音楽は陽気で、ぼくの指は軽やかでしたが、心は重く、肩の上にずしりと重荷がのっているかのようでした。ぼくはゼルビノとドルチェにワルツを踊るように言いました。彼らは命令に従い、拍子に合わせて回り始めました。けれどもだれひとりとして、見にこようとはしません。ぼくは演奏し続け、ゼルビノとドルチェは踊り続けました。けれどもぼくがじょうずに演奏しようが、ゼルビノとドルチェがうまく踊ろうが、人々は家から出ず、こちらを見ようともしないのでした。もう絶望的でした。

ぼくはゼルビノとドルチェにおすわりと命令して、ナポリ民謡を歌い始めました。二節までいったところで、上着を着てフェルト帽をかぶった男がぼくのほうに近寄ってくるのが目に入りました。

とうとうお客さんが！　ぼくはけん命に歌いました。

「こら、ここでなにをやってるんだ、ぼうず？」と男はどなりました。

こうどなられて、ぼくはポカンと口を開けたままその人が近づくのを見ていました。

「村の広場で歌う許可はもらっているのか？」

「いいえ」

「ならばさっさと立ち去れ。そうしなければ、訴えてやる。早く行け、みすぼらしいやつめ！」

その言葉を二度言われる必要はありませんでした。ぼくは命令どおりに背を向けて、急いで来た道を戻りました。五分後にはぼくは、この親切心のかけらもない、そのくせよく警備された村をあとにしていました。

犬たちは頭を下げて、悲しそうな顔をしてついてきました。きっと悪いことが起きたとわかっているに違いありません。その日ぼくたちは長いこと歩いて、野宿できるところを見つけ、夕食抜きで眠りました。

翌朝、手早くいつもの身じたくをすませると出発し、鐘の音がするほうに歩いていきました。なぜなら鐘があれば村があって、必ずパン屋もあるからです。ぼくの決心はかたまっていました。三スーを使ってしまおう。そのあとはどうにかなるさ。一リーブル（約五百グラム）で五スーのパンを三スー分買っても、ひとり分はほんのわずかにしかなりません。ぼくたちの朝ごはんはすぐに終わってしまいました。

さて、お金をかせぐことを考えるときがやってきました。ぼくは村じゅうを回って、芝居をやるのにうってつけの場所を探しました。そして村の人たちの顔つきをよく見て、ぼくたちの味方になりそうか、敵になりそうか見きわめようとしました。

ぼくは考えに熱中していました。が、突然、うしろで悲鳴が聞こえました。さっとふり向くと、ゼルビノがひとりのおばあさんに追いかけられてくるのが見えました。この追いかけっこと悲鳴がどうして起こったのかがわかるまで、長くはかかりませんでした。ぼくがぼんやりしているときに、ゼルビノが逃げ出し、一軒の家に入って肉を一切れ盗み、口にくわえて運んでいったのです。

「どろぼう！」とおばあさんはさけびました。「つかまえて、つかまえて、みんな！」

この言葉を聞いて、ぼくは罪の意識を感じた、というか、ぼくの犬のやった悪事に対して責任を感じました。で、ぼくもいっしょに逃げ出しました。もしおばあさんが盗まれた肉の代金をぼくに請求したら、どうしよう？　どうやって払えばいいんだ？　もしつかまったら、はなしてもらえないのでは？

ぼくが逃げるのを見て、カピとドルチェも走って、あとに続きました。ぼくの肩の上にのっていたジョリクールも落ちないように首にしがみついていました。

全速力で走って、野原のまんなかに出ました。ぼくはふり返って、おそるおそるうしろを見てみました。だれも追いかけてきてはいません。カピとドルチェはぼくのすぐうしろについてきていましたが、ゼルビノは遠くはなれていました。きっと肉を食べようと立ち止まったのでしょう。ぼくはゼルビノの名を呼びました。でも、きびしいお仕置きが待っているとわかっているので、立ち止まって、ぼくのところへは来ず、逃げ出しました。

もしぼくがここをはなれてしまえば、ゼルビノは迷って、はぐれてしまうでしょう。でも、もしぼくがここにずっといれば、食べるための何スーかをかせぐことができなくなります。

たしかにゼルビノは悪いことをして、ぼくたちを窮地におとしいれたけれど、ぼくは見捨てる気にはなれませんでした。もし三匹の犬をそろって連れ帰らなければ、親方はなんと言うだろう？

それにいろんなことがあったにもかかわらず、ぼくはいたずらっ子のゼルビノを愛していたのです。

そこでぼくは夜まで待とうと決心しました。けれど胃袋がおなかがすいたと泣きさけんでいるのに、なにもしないでいるのは無理な話でした。気をまぎらわせるものを見つけなければ。

考えているうちに、戦争中、軍隊が長く行進して疲れたとき、音楽を演奏するのだ、陽気で楽しい曲を聞くと兵隊たちは疲れを忘れるのだ、とヴィタリスが言っていたのを思い出しました。もしぼくが陽気な曲を弾けば、みんな、空腹を忘れられるかもしれない。演奏に熱中して、犬もジョリクールと踊っていれば、時間は早く過ぎるに違いありません。

ぼくは木に立てかけておいたハープを手にとり、運河に背を向けて、役者たちを位置につかせてから、ダンス曲を、次にワルツを弾き始めました。初めは役者たちもダンスをする気になれないようでした。一切れのパンこそが彼らにとっての関心ごとだったのです。でも、少しずつ、三匹は活気づき、音楽が効き目をあらわしてきました。ぼくたちは口に入らなかったパンのことを忘れて、もはやぼくはハープを弾くこと、動物たちは踊ることだけしか頭にありませんでした。

突然、澄んだ声、子どもがさけぶ声が聞こえました。「ブラボー！」。声はうしろのほうから聞こえてきて、ぼくはさっとふり向きました。

運河に一隻の船が、ぼくがいる岸に舳先を向けてとまっていました。

それは変わった船で、ぼくはそんな船を今まで見たことがありませんでした。普段運河を走っている貨物船よりもずっと小さく、水面からあまり高くない甲板にガラス張りの展望室のようなものがついていました。展望室の前のほうにはベランダがあり、つる植物で陰になっていて、屋根のあちらこちらから葉っぱが緑の滝のようにたれ下がっていました。船には人がふたりいるのが見えました。品がよく、さびしげな雰囲気のまだ年若い貴婦人が立っていて、もうひとり、ぼくと同じくらいの年ごろの男の子が寝ているようでした。

「ブラボー」とさけんだのはきっとこの子なのです。

おどろいていたぼくはわれに返って、拍手のお礼に帽子をとりました。

子どもが合図をすると、貴婦人は子どものほうに身をかがめました。

「もっと弾いてくださらないかしら」と貴婦人は頭を上げてぼくに言いました。

「ダンスがいいですか、それともお芝居？」とぼくはききました。

「お芝居がいい」とその子は答えました。

でも、貴婦人はその子を制して、ダンスのほうがいいと言いました。

「ダンスじゃあ短すぎるよ」と子どもはさけびました。

「お客さまがお望みでしたら、ダンスのあとで〝パリのサーカスでやっているような〟さまざまな芸をお見せしましょう」。これは親方の口上でした。

ぼくは再びハープを手にとり、ワルツを弾き始めました。カピが二本の脚でドルチェの体をかかえ、拍子に合わせて回り始めました。次にジョリクールがひとりで踊りました。それからぼくたちのレパートリーを全部、次々とやってみせました。突然、芸の真っ最中にゼルビノが木の茂みから出てきて、厚かましくもみんなの中に入って、自分の役を演じました。

演じながら、一座の役者を監督しながら、ぼくはときどき少年のことを見ていました。おかしなことに、少年はぼくらの芸をすごく楽しんでいるのに、横になって、まったく動かず、拍手する手だけを動かしていました。動けないのかな？　その子は板の上にくくりつけられているように見えたのです。少年は金髪で、顔色が悪く、あまりに顔色が悪いので、肌が透けて、おでこに静脈が見えるほどでした。

「あなたのお芝居には、いくらお支払いすればいいのかしら？」と貴婦人はききました。

「お楽しみになった分だけ」

「ママ、たくさん払わなくちゃ」と少年。そしてぼくが知らない言葉でなにか話しました。

「アーサーはあなたの役者さんたちをもっと近くで見たいそうよ」と貴婦人は言いました。

ぼくがカピに合図を送ると、カピは勢いをつけて、船に飛び移りました。ゼルビノとドルチェも仲間に続きました。

「それからお猿さんも！」

「お猿は悪さをするの？」と貴婦人はたずねました。

「いいえ、おくさま。でもいつも言うことをきくわけではありません。だからきちんとおぎょうぎよくできないのではと心配なのです」

「では、あなたが連れてのせてあげて」

そう言うと、貴婦人は舵のそばにいたひとりの男に合図をしました。その男は舳先へ移動して、一枚の板を岸へ渡しました。ぼくはハープを肩にかけ、ジョリクールを腕にかかえて、ゆっくりと船に入っていきました。

ぼくはアーサーに近づきました。アーサーがジョリクールをほめたり、なでたりしている間、アーサーのことを観察するひまがありました。わあ、おどろいた！　アーサーは思っていたとおり、板にくくりつけられていたのです。

「お父さんはいるんでしょう、ぼうや？」と貴婦人はぼくにたずねました。

「いいえ、いないんです。親方はいます。でも今はひとりぼっちなんです」

「長い間？」

「二か月ですけど」

「二か月も！　ああ、かわいそうに！　あなたの年で、そんなに長くひとりぼっちだなんて！　今まで生活できていたの？」

ぼくは答えをためらいました。けれども婦人の話し方はとても親切でしたし、やさしい声をしていたし、あたたかな目をしていたので、ぼくは本当のことを話そうと決心しました。

ぼくは語りました。ぼくを守ろうとして牢屋に入れられた、ヴィタリスと別れなければならなかったこと、トゥールーズを出てから一スーもかせげなかったことを。

ぼくが話している間、アーサーは犬たちと遊んでいました。けれどぼくの言っていることを聞いていたのです。

「きみたちはみんなおなかがすいているだろ！」とアーサーはさけびました。

知りすぎるほど知ったこの言葉を聞いて、犬たちはほえ始め、ジョリクールも熱心におなかをさすりました。

「ママ！」とアーサーは言いました。

貴婦人はこのさけびを聞いて、細く開いた扉から顔をのぞかせていたひとりの女の人に、外国語でなにか言いました。すぐにその女の人は、小さなテーブルを運んできました。

「おすわりなさい、ぼうや」と貴婦人は言いました。

ぼくは遠慮しませんでした。ハープを置いて、勢いよくテーブルの前にすわりました。犬たちもぼくのまわりに整列し、ジョリクールはぼくのひざの上に陣取りました。ぼくはみなにパンをやり、犬たちはむさぼるように食べました。ジョリクールはパイのかけらをかすめとって、テーブルの下でのどをつまらせていました。ぼくはというと、パンを一切れとり、ジョリクールのようにのどをつまらせこそしなかったものの、同じくらいガツガツと食べました。

アーサーはなにも言いませんでしたが、目を丸くしながらぼくらの食欲にびっくりしていました。

「ぼくたちと会わなかったら、今晩はどこでごはんを食べるつもりだったの？」とアーサー。

「たぶんごはん抜きだったでしょう」

アーサーはぼくと話すのをやめ、お母さんのほうを向くと、ふたりは、ぼくがすでに耳にした外国語で長いこと会話をしていました。アーサーはなにかをねだっていましたが、婦人はそうする気にはなれないか、少なくとも文句をつけているようでした。

不意にアーサーは、ぼくのほうに頭だけをくるっと向けました。

「きみは、ぼくたちといっしょにいたい？」とアーサーはききました。

突然きかれて、ぼくは答えることができずにアーサーを見つめていました。

「息子はわたくしたちといっしょにいてほしいと言っているのよ」と婦人。「息子は病気で、ごらんのとおり、板にくくりつけておくようにとお医者さまはおっしゃったの。そして息子が退屈しないよう、この船、白鳥号であちこちをめぐっているというわけ。あなたもわたくしたちといっしょにいらっしゃい。犬と猿はアーサーにお芝居を見せて、アーサーがお客さんになるの。あなたもよかったら、ハープを弾いてくださるかしら。あなたは毎日お客さんを見つけなくてもよくなるわ」

船！　ぼくは今まで船にのったことはなく、のってみたいと思っていました。なんてうれしいんだ！　夢みたいだ！　あらためて考えてみると、この申し出はぼくにとってどんなに幸運なことか、こんなことを言ってくれるこの婦人が、どんなに心が広いかをしみじみと感じました。ぼくは婦人の手をとって、その手にキスをしました。彼女はこの感謝のしぐさに心を動かされたようでした。そしていとおしそうに、やさしく、ぼくの頭を何度もなでてくれました。

「かわいそうに」と婦人は言いました。

ハープを弾いてほしいと言われたのだから、その希望に早くこたえなければ。ぼくはハープを手にとり、弾き始めました。アーサーは頭でちょっと合図をして、お母さんを近くに引き寄せ、手をとって、ずっとにぎっていました。そしてぼくは親方に教えてもらったありったけの曲を弾いたのでした。

幸せな日々

アーサーのお母さんはイギリス人で、ミリガン夫人と言いました。彼女は夫を亡くしていました。やがてぼくは、夫人にはもうひとり、上の息子がいて、不思議ななりゆきでいなくなったと知りました。息子のゆくえはだれにもわからなかったのです。事件が起きたとき、ミリガン氏は死の床にありました。ミリガン夫人も重い病気にかかっていて、彼女が命をとりとめたときには、夫は亡くなり、息子はいなくなったあとでした。夫の弟のジェイムズ・ミリガン氏が捜索隊を指揮しました。

ジェイムズ・ミリガン氏が選ばれるにあたっては、特別な事情がありました。彼は義理の姉と利害が対立する立場にいました。兄が子どもを残さずに亡くなったら、彼は兄の財産を相続できたのです。けれども結局、ジェイムズ・ミリガン氏は兄の遺産を相続できませんでした。夫が亡くなってから七か月たって、ミリガン夫人は男の子を産み、それがアーサーだというわけです。

この子はひよわで病気がちだから、長くは生きられないと医者は言いました。じきにアーサーはいなくなるでしょうから、そのときにはジェイムズ・ミリガン氏は兄の貴族の称号と財産を相続するのです。

ジェイムズ・ミリガン氏の遺産を継ぐという希望はおいの誕生によって引きのばされましたが、完全に打ちくだかれたわけではありません。ミリガン氏はアーサーが亡くなるのを待てばよいのでした。ミリガン氏は待ちました。しかし、医者の予言はいっこうに実現しません。アーサーは病弱でしたが、死ぬ気配はありません。母親の看病が生きながらえさせていたのです。

アーサーは何度となく死にかけたものの、そのたびに助かりました。そしてとうとう、腰に痛みが出る股関節痛という恐ろしくやっかいな病気にかかったと宣告されました。その病気には硫黄の温泉が効くというので、ミリガン夫人はピレネー地方にやってきたのでした。けれど温泉水はまったく効き目がなく、次に、地面に足をつけず、寝たきりでいるという療法をすすめられました。

そこでミリガン夫人は、ボルドーで、ぼくたちがのったこの船を造らせたというわけです。夫人は息子を家の中に閉じ込めておく気にはなりませんでした。そんなことをしたら、アーサーは退屈するし、新鮮な空気が吸えなくて死んでしまうでしょうから。アーサーがもう歩くことができないのなら、住んでいる家が歩くようにしなければ。

白鳥号は寝室、台所、リビングルーム、ベランダがついた、水上の家に造りかえられました。アーサーはリビングルームか、ときにはベランダにいて、母親のそばで朝から晩まで過ごしていました。そして目を開けさえすれば、動かなくても景色が移り変わっていくのが見えるのでした。

朝になり、船が出発しました。船の旅はなんて楽しいんだろう！ ゆれを感じることなく、船は軽やかに水の上をすべっていきました。木の立ち並んだ岸が遠ざかっていき、船底に当たる水がたてるパシャパシャいう音が聞こえてきました。景色をながめるのに夢中になっていると、うしろのほうでぼくの名前を呼ぶ声が聞こえてきました。さっとふり返ると、板にくくりつけられたアーサーが運ばれてきていました。そばには夫人もいます。

「よく眠れましたか？」とアーサーはききました。「野原で眠るよりいいよね」

ぼくは近づいて、礼儀正しい言葉を探しながら、アーサーと夫人によく眠れたと答えました。

「犬たちは？」とアーサー。

ぼくは犬たちとジョリクールを呼びました。犬はあいさつをし、ジョリクールは、芝居をすると思ったのか、しかめっ面をしてみせました。

ミリガン夫人は息子を日陰に入れ、近くに席を占めました。

「犬と猿を連れていっていただけないかしら？ わたくしたち、勉強しなければなりませんから」と夫人は言いました。ぼくは言われたとおりに、一座を連れて舳先へ行きました。夫人はアーサーに暗唱をさせていて、自分は本を開いて、文章が合っているかどうか確かめていました。アーサーは板の上にのせられて、動かないまま暗唱をしていました。でも、正確には、アーサーは暗唱しようとがんばっていたと言ったほうがいいでしょう。しょっちゅうつかえて、たった三語の言葉でもすらすら言うことができず、まちがえてばかりいたのです。

夫人はやさしく教えていましたが、同時になかなかきびしくもありました。

「あなたはお話をちっとも覚えていませんね」と夫人。「わたくしはあなたが病気を言い訳にして勉強しないで、なにも知らないまま大きくなるのを許すわけにはいきません。今朝はレミや犬たちと遊ばせてあげようと思っていたけれど、お話をまちがえずに暗唱できるようになるまでは遊んではいけませんよ」

今度はひとりで勉強しなさいと、夫人は出ていってしまいました。

アーサーはお話を読み始めました。ぼくがいた場所からも、彼のくちびるが動いているのが見えました。アーサーが一生けん命に勉強しているのは確かでした。けれどもその一生けん命は長続きしません。アーサーはぼくを見つけて言いました。

「ぼく、覚えられないんだ。でも覚えたいんだ」

「このお話はそんなにむずかしくないよ」とぼくは言いました。「きみのママが読んでいるのを聞いて、ぼくは覚えてしまったよ」

「どうやれば全部の言葉を覚えられるの？　ぼくの頭の中ではごちゃごちゃになっちゃうのに」

「このお話はなんのお話？」とぼくは言いました。「羊のお話だよね。だからぼくは、羊を思い浮かべることから始める。次に羊たちがしていることを考える。『羊は囲いの中で安全に過ごしていました』と言うのだから、ぼくは羊たちが囲いの中で、安全に眠っているところを思い浮かべる。こういうふうに目に浮かべると、忘れることがないんだ」

「ほんとだ」とアーサーは言いました。「ぼくも思い浮かべたよ」

「じゃあ、羊たちの番をするのはだれ？」

「犬だよ」

「犬が羊を守っていないときは、犬はなにをしている？」

「なにもしてないよ」

「そう、眠ることができるんだ。だからぼくたちはこう言う。『犬は眠っていました』」

こんなふうにむずかしそうに思えるお話を覚えるのも実はやさしいと説明すると、アーサーは感激して、少しためらったあとに、思い切って暗唱し始めました。十五分もかからずに、彼は完ぺきに覚えてしまいました。まちがえずに暗唱していると、夫人がうしろに立っていました。

最初夫人は、ぼくたちがいっしょにいるのを見て、遊んでいるのかと思ってふきげんそうでした。

けれども、アーサーは母親をさえぎってこう言いました。

「ぼく、お話を覚えたよ。レミが教えてくれたんだ」

ミリガン夫人はおどろいて、ぼくを見つめていました。アーサーは『オオカミと子羊』を暗唱し始めました。彼は誇らしげに、楽しそうに暗唱して、一度も口ごもったり、まちがえたりしませんでした。暗唱の間、ぼくはミリガン夫人を見ていました。彼女の美しい顔はほほえみで輝き、その目は涙にぬれているようでした。

「あなたはいい子ね」と夫人はぼくに言いました。

このときを境に、ぼくの立場は変わりました。前の日には、病気の子を楽しませる旅芸人だと思われていたのに、この暗唱のおかげでぼくはアーサーの仲間、ほとんど親友になったのです。夫人もぼくに本当の息子であるかのように話しかけてくれました。

旅でよくある心配ごとにわずらわされることはなく、晩ごはんを食べ、眠る宿を探すために長い距離を歩くこともありません。決まった時間にベランダに食事が出てきて、ぼくたちは食べながら、移り変わる両岸の景色を静かにながめました。

ぼくのような子どもにとって、それは甘く幸せな生活でした。なぜって、ぼくはバルブラン母さんのわらぶきの家を出てからずっと、ヴィタリス親方について長い道のりを歩いていたのだから。

バルブラン母さんのジャガイモと塩だけの食事と、ミリガン夫人の料理人が作る、すてきなフルーツタルトや、ゼリーやクリームやお菓子とは、どれほど違っていたことか！

泥の中を、雨の中を、焼けつくような日ざしの中を、親方について長いこと歩くのと、この船の道ゆきはどんなに差があったことか！

でも、ぼくの心をきちんとふり返れば、ぼくはこの新しい生活で与えられる物質的な喜びよりも、精神的な幸福に対して、より心動かされていたと言わなければなりません。

ぼくは大好きな人とのつながりを二度も断たれました。一度目はバルブラン母さんと引きさかれたとき、二度目はヴィタリスと別れたとき。二度ともぼくは、支えてくれる人もなく、動物たちのほかに友だちもいず、世の中でひとりぼっちになったと感じたものでした。

でも、孤独や絶望の中で、ぼくによくしてくれて、ぼくが愛することができる人、ひとりのやさしく、あたたかく、親切な、美しい貴婦人と、本当の弟のように思える少年に出会うことができたのです。それはなんとうれしく、幸福だったことか！

ぼくは健康で、体も丈夫だったのに、板に寝かされ、顔色が悪く、悲しげなアーサーを見て、何度もその幸せをうらやみました。ぼくは本でも、ぜいたくなおもちゃでも、船でもなく、ただお母さんの愛情だけがうらやましかったのです。

ぼくはキスをし、キスをしてもらう母を持つことはけっしてないのだと、悲しく自分に言いきかせました。もしかするといつかバルブラン母さんのところへ帰れるかもしれません。そうなればとてもうれしいけれど、今となっては「ママ」と呼びかけるなんてできません。なぜなら彼女は本当の母ではないのだから。

ひとりぼっち、ぼくはずっとひとりぼっちなんだ！

こう考えると、ミリガン夫人とアーサーがやさしくしてくれることが、いっそううれしく感じられるのでした。ぼくはこの世の幸福を欲ばってはならないのです。母も、兄弟も、家族もいない中、友だちを得られたのは幸運なことなのです。

けれども、この新しい暮らしがどんなに楽しくても、もとの暮らしに戻らなければならない日が近づいていました。

「拾われた子」の運命

旅をしていると、時は早く流れ、親方が牢屋から出てくる日が近づいていました。そのことを考えると、ぼくはうれしさ半分、不安半分でした。

トゥールーズから遠ざかるにつれ、ぼくの悩みは深くなりました。苦労も心配ごともなく、船で旅するのはすてきなことでしたが、船で進んだだけの道のりを歩いて戻らなければならないのです。それにもう、快適なベッドも、クリームも、お菓子も、テーブルを囲む夕べもなくなるのです。

さらにアーサーやミリガン夫人と別れなければならないという思いが、ぼくを苦しめました。バルブラン母さんのときと同じように、彼らの愛情を失わなければならないのです。どんなに愛していても、愛されていても、ぼくはともに暮らしたいと願う人と引きはなされるように生まれついているのでしょうか？

とうとうある日、ぼくはミリガン夫人に、トゥールーズに戻るには何日かかるかきこうと決心しました。ぼくは親方が牢屋の門を出てくるとき、そこにいたかったのです。

帰ると聞いて、アーサーは大きなさけび声をあげました。

「レミが行っちゃうなんてイヤだ！」

ぼくは親方に連れられている身分で、自由ではないのだと説明しました。親方はぼくを両親から借りていて、親方が必要とする限り、彼のそばで働かなければならないということを。けれども自分の両親が本当の父と母ではないということは話しませんでした。もし話せば、ぼくが「捨て子」だったことを告白することになってしまうからです。

「ママ、レミをここにいさせて」とアーサーは言いました。

「もしレミが残ってくれるならとてもうれしいわ」とミリガン夫人は言いました。「アーサーはレミに友情を感じているし、わたくしもレミに愛情を感じるのですもの。でも、わたくしたちのそばにいるにはふたつの条件があるのよ。ひとつ目はレミがわたくしたちといっしょにいたいと望むこと。ふたつ目は、あなたの親方がレミについての権利を放棄するのに同意すること」

たしかにヴィタリスは、ぼくにとっていい親方で、ぼくは彼が世話をしてくれたことや、文字や歌を教えてくれたことを感謝していました。けれども、彼とともに送ってきた生活と、ミリガン夫人が与えてくれた生活では比べものになりません。

「返事をする前にレミはよく考えなければならないわ。わたくしは、ただ楽しく旅行をするだけではなく、学業にいそしむ生活を送ろうと言っているの。もし船に残るなら、アーサーといっしょに一生けん命勉強しなければならないわ。この生活と、気ままに旅をして暮らす自由とをはかりにかけるのですよ」とミリガン夫人は言いました。

「はかりになんかかけられません、おくさま。あなたがくださるとおっしゃっているものの価値はよくわかっています」とぼく。

「ほら、言ったでしょ、ママ。レミは残りたいんだよ」とアーサー。

ぼくはミリガン夫人の申し出がとてもありがたかったし、親切心に心から感謝したのでした。もし、ヴィタリスが同意すれば、ぼくは白鳥号を去らなくてもいいし、この楽しい生活をあきらめなくてもいいし、アーサーやミリガン夫人と別れなくてもいいのです。

「さて、あとはあなたの親方の同意を得ることだけですね」とミリガン夫人は言いました。「親方にセートまで来てもらうよう、手紙を書きましょう。親方に旅費を送って、わたくしたちが鉄道を使えない理由がわかってもらえれば、招きに応じてくださるでしょうよ。もしレミを預かるという申し出を受けてくださったら、レミのご両親にも相談しなければ」

最後の言葉を聞いて、ぼくは浮かんでいた夢の中から悲しい現実へ引き戻されたのです。

両親に相談する！　もちろんぼくの育ての親は、ぼくがかくしておきたいと思っていることを話すに決まっている。真実が明るみに出てしまう。ぼくが捨て子だということが！
真実を知れば、アーサーも、たぶんミリガン夫人も、ぼくなんていらないと言うでしょう。ぼくはがく然としました。ミリガン夫人はそんなぼくをおどろきの目で見て、わけをきこうとしました。しかし、ぼくは夫人の質問に答える勇気がありませんでした。ぼくが親方が来ることを考えて動揺しているのだと思った夫人は、それ以上深追いはしませんでした。

どうすればいい？　たぶんヴィタリスは、ぼくを手放したくないはずです。ぼくの心の中では、そうなればいいという気持ちと、そうなることを恐れる気持ちがせめぎ合っていました。でも、ヴィタリスといっしょに行けば、アーサーに本当のことを知られなくてすみます。

親方に手紙を書いて三日後に、ミリガン夫人は返事を受け取りました。そこには**【喜んでミリガン夫人の招待を受ける。次の土曜日の二時の汽車でセートに着く】**と書いてありました。

ぼくはミリガン夫人に駅に行く許しをもらい、犬たちやジョリクールを連れて、親方の到着を待ちました。三匹の犬をひもでつなぎ、ジョリクールを上着の中に入れ、ぼくは駅のすみに陣取っていました。まわりを通り過ぎる人も目に入らないくらいでした。

汽車が着いた、ご主人のにおいをかぎつけたと知らせたのは犬たちでした。ぼくは急に前のほうに引っぱられるのを感じました。考えごとをしている間に、犬たちがぼくの手をすり抜けていったのです。犬たちは喜んでほえ、いつもの服を着てやってきたヴィタリスのまわりではねているのが見えました。仲間たちよりぎこちなく、でもすばやく、カピはご主人の腕に飛び込みました。ゼルビノとドルチェはご主人の脚にしがみついていました。

今度はぼくが近づきました。ヴィタリスはカピを地面におろし、ぼくをだきしめ、「やあ、ぼうず！」と何度も言いながら、ぼくに初めてキスをしました。

親方はぼくにつらくあたったことは一度もありませんでしたが、けっして甘やかすこともなく、ぼくは愛情を示されることに慣れていませんでした。ぼくは感動し、目からは涙があふれてきました。そのときのぼくは心が動きやすくなっていたから。

ぼくはヴィタリスを見て、牢屋にいる間に年をとったなと思いました。大きな体は背中が曲がり、顔色が青白く、くちびるは色を失っていました。

「わしは変わっただろ」とヴィタリスは言いました。「牢に入っているのはつらかったし、退屈もつらい経験だった。でも、これからはよくなるだろう。ところで、わしに手紙をくれたご婦人とは、どうやって知り合ったのかね？」

ぼくは白鳥号とどうやって出合ったか、ミリガン夫人や息子とどんなふうに暮らしてきたかを話しました。話が終わるのがこわくて、そして最後に言いづらい話をしなければならないのがこわくて、ぼくは長々と話し続けました。今このとき、親方に向かって、ミリガン夫人とアーサーがぼくを手もとに置きたがっているから、賛成してほしいとは、なかなか言えるものではありません。けれど親方に話す必要はありませんでした。ぼくの話が終わる前に、ミリガン夫人が泊まっているホテルに着いたからです。ヴィタリスはぼくに夫人の手紙の中身について一言も話しませんでしたし、手紙の中で夫人が伝えたであろう申し出についても話題にしませんでした。

「ここでそのご婦人が待っているのか？」とヴィタリスはホテルに入ろうとして言いました。

「部屋の番号を教えておくれ。犬やジョリクールといっしょにここで待っているんだ」

ぼくはホテルの扉のところにあるベンチに犬に囲まれてすわっていました。やがてヴィタリスが出てきました。

「おくさんにさよならを言いなさい。わしはここで待っているから。十分後には出発するぞ」

ぼくはためらっていました。少し待ってから、ヴィタリスは言いました。

「わからんのか？　いつまでもここに銅像みたいに突っ立ってるつもりか？　急がんか！」

乱暴な口調で話すなんて、ヴィタリスらしくないことです。ぼくはいっしょに過ごすようになってから、こんな話し方をされたことはありませんでした。納得できないまま、ぼくは機械的に立ち上がりました。しかし、部屋に向かって何歩か歩き出しながら、

「おくさまに言ったんですね……」とたずねました。

「言ったよ。おまえはわしの役に立つし、わしもおまえの役に立つ。わしはおまえに関する権利を放棄するつもりはないとな。さあ、行ってこい。そしてさよならを言ったら、帰ってくるんだ」

ミリガン夫人の部屋に入ると、アーサーが涙にくれ、お母さんがよりそってなぐさめていました。

「レミ、行っちゃわないよね？」とアーサーはさけびました。

「親方にあなたをわたくしたちといっしょにいさせていただくようお願いしたの。でも親方は承知なさらなかった」。ミリガン夫人が話すのを聞いていると、ぼくの目にも涙があふれてきました。

「あいつは悪いやつだ！」とアーサーはさけびました。

「いいえ、悪い人ではないわ」とミリガン夫人は続けました。「あなたは親方の役に立つし、親方はあなたに対して心からの愛情を持っているのだと思うの。あの方が断った理由はね、『わしはこの子を愛しておりますし、あの子もわしを愛しております。わしがあの子にさずけるきびしい人生修行は、おくさまが与えるやとい人としての暮らしよりも、ずっとあの子のためになる。たしかにおくさまはあの子を教育してくださるでしょうし、あの子に知恵をつけてはくださるでしょう。でも、気骨ある人間にすることはできますまい。あの子はおくさまの息子ではなく、わしの息子なのです。わしといっしょにいるほうが、病気の息子さんがどんなにやさしくて、親切だとしても、彼のおもちゃでいるよりずっといいのです。それにわしもあの子に教育をさずけるつもりですしな』」

「あの人はレミのお父さんじゃないのに！」とアーサー。

「レミのお父さんではないけれど、あの方は親方で、レミはあの方のものなのよ。ご両親はレミをあの方に貸しているのだから、レミはあの方に従わなければならないの」

ぼくはアーサーに近づき、しっかりとだきしめ、友情の証として何度もキスをしました。そして彼をふりほどくと、ミリガン夫人の前でひざまずき、手にキスをしました。

「かわいそうな子！」と夫人はぼくのほうに身をかがめて、おでこにキスをしました。

ぼくはさっと立ち上がり、扉のほうへ走っていきました。

「アーサー、大好きだよ！」、ぼくはすすり泣きでとぎれとぎれになりながら言いました。「あなたのこともです、おくさま。ぼくはあなたをけっして忘れません！」

「レミ、レミ！」とアーサーは泣きました。

けれどもそのあとは聞こえませんでした。ぼくは外に出て、扉を閉めてしまったから。一分後には、ぼくは親方のところにいました。

「さあ、出発だ！」と親方。

こうしてぼくたちはセートを出発したのです。

オオカミの遠ぼえ

ぼくは再び、親方のうしろについて、雨や日ざしの中、ほこりや泥の中を、放浪する生活に戻りました。何不自由のない、幸せな生活に慣れてしまっていたぼくにとって、この変化はつらいものでした。

ぼくの悲しみは深く、長く尾を引いたけれど、なぐさめになるようなこともありました。親方がこれまでなかったほど、おだやかで、やさしくなったのです。

ヴィタリスのぼくに対する接し方は変わりました。そしてそのことがぼくを力づけ、アーサーの思い出に胸をしめつけられても、泣かなくなりました。この世界にひとりぼっちだと感じることもなくなったし、親方の中に、「親方」以上のものを見いだすようになっていたのです。ときおり思い切ってヴィタリスにキスしてみたいと思うこともありました。それほどまでにぼくは、自分の中にある愛情をあらわしたくてたまらなかったのです。けれどもそうする勇気はありませんでした。

ヴィタリスはむやみになれなれしくできるような人ではなかったからです。会ったばかりのころは、ヴィタリスへの恐れの気持ちで近寄りがたかったけれど、今では、なんだかはっきりとはわからないものの、尊敬に似た気持ちがヴィタリスとぼくとをへだてていました。

天気が荒れてきました。季節が変わって、冬が近づいてきたのです。

親方の目的はなるべく早くパリに着くことでした。都会であるパリだけが、冬の間も興行をするチャンスがある場所だったのです。けれど、親方のさいふに汽車にのるだけの余裕がなかったせいか、ぼくたちはパリまで歩いて向かったのです。

天候が許せば、ぼくたちは途中の町や村で興行をして、わずかばかりのお金を得て、また旅を続けていました。シャティヨンまでは、常に寒さと湿気に悩まされたこと以外は、なんとかうまくいっていました。しかし、シャティヨンを出ると、雨がやんで、北風が吹き始めました。空が黒い雲でおおわれ、太陽はまったく見えなくなりました。空模様が「まもなく雪になる」と告げています。ぼくたちは雪になる前に大きな村に着くことができましたが、親方はなるべく早くトロワに向かいたがっていました。トロワは大きな町なので、もし天気が悪く、数日滞在しなければならなくなったとしても、何度も興行ができるからです。

翌朝、「わたしだったら、行かないがね。雪になるよ」と宿の主人は言いましたが、主人の言葉をふりきって、ぼくらは出発しました。ヴィタリスはジョリクールをベストの中に入れて、しっかりとだきしめ、自分のぬくもりであたためてやっていました。犬たちは乾いた天気の中、うれしそうにぼくたちの前を走っていきました。口を開けるのもつらかったので、ぼくたちはだまったまま歩きました。急ごうとして、少しでもあたたまろうとして、せっせと歩を進めたのです。

やがていくひらかの雪が、まるで大きなちょうちょのように、ぼくたちの目をかすめて落ちてきました。雪は舞い上がり、舞い落ち、地面にふれることなく、うずまいていました。

西北のほうからきた雲はもはや間近に迫っていて、白いほのかな光のようなものが空のそちら側を明るくしていました。雲のわきばらが少し開き、雪が降ってきました。それはひらひら舞うちょうちょどころではなく、ぼくらをすっぽりとおおうような大量の雪でした。

「トロワにはたどり着けない運命らしいな。最初に家を見つけしだい、そこに避難しよう」とヴィタリスは言いました。

でも、どこに歓迎してくれる家が見つかるというのでしょう？　家は一軒もないし、村もありません。雪は降り続き、いっそうひどくなっていきました。

突然、ヴィタリスが、ぼくの注意を引こうと、左手のほうに手をさしのべるのが見えました。空き地に、雪におおわれた、木の枝でできたほったて小屋がぼんやり視界に入ってきました。

まっ先に、勢いよく、犬たちが小屋に入り、楽しそうにほえながら、乾いたほこりだらけの地面の上をグルグルと転げ回りました。ぼくたちも犬に負けずおとらず満足していました。

小屋は、造りといい、家具といい、本当に簡素で、土で作ったベンチと椅子がわりの大きな石しかありませんでした。しかし、ぼくたちにとって大きな価値のあるものがありました。すみのところにレンガが五、六個置いてあって、炉になっていたのです。

火だ！　火が燃やせる！

火を燃やすのには炉だけがあればいいわけではなく、木も必要でした。とはいえ、こういう家で木を見つけるのは簡単です。壁や屋根からとってくる、つまり小枝を引き抜いてくればいいのです。ぼくたちは急いで枝を集め、炉に火をおこしました。火は明るく、パチパチと楽しそうな音をたてています。

ぼくが腹ばいになって、火を吹いている間、犬たちも炉のまわりにすわり、首をのばして、ぬれて冷たくなったおなかを炎にかざしていました。まもなくジョリクールも親方のベストから出てきました。そろそろと鼻先を外に向け、自分のいる場所を見て、安心したとたん、さっと地面に飛び出しました。そして火の前のいちばんいい場所を占領して、ふるえる小さな手を火にあてました。

これでこごえて死ぬ心配はなくなりました。けれど食事の問題は解決していません。この小屋には、パンの入った箱も、コトコトおいしそうな音をたてる鍋がかかったかまどもないのですから。

幸いにも、親方は用心深く、経験豊かな人でした。今朝、ぼくが目をさます前に、親方は旅の間の食料として、パンと小さなチーズのかけらを包んでおいたのでした。パンが取り出されると、みんなはうれしそうにとび上がりました。

とはいえ、おのおのに割り当てられた分量は多くはありませんでした。親方はパン全部ではなく、半分をぼくたちに分け与えました。

「この小屋に長いこと閉じ込められることになるかもしれん。この食料はとっておかなければ」

食事が終わると、犬たちはそれぞれ火の前に陣取り、丸くなったり、腹ばいになったり、カピにいたっては鼻を灰の中につっこんだりして、みんな眠っていました。ぼくも犬たちのように眠ろうと思いました。

と、どれくらい眠ったのでしょう。ぼくが目ざめたとき、雪はもうやんでいました。外を見ると、小屋の前に積もった雪はひどく深くなっていました。

晩ごはんにと、ヴィタリスは残っていたパンを六つに分けました。

どうせここで寝なければならないのなら、早く眠ってしまうほうがいい。そこでぼくは犬たちにならって、羊の革のベストにくるまって、平らな石を枕にして、火のそばに横になりました。

「お眠り」とヴィタリスは言いました。「わしが眠る番になったら、おまえを起こすからな。この小屋にいれば、けものや人を恐れなくてもいいが、どちらかひとりは火が消えないように見ていなければならん」。眠れともう一度すすめられる間もなく、ぼくは眠りに落ちました。

親方がぼくを起こしたときには、夜はふけていました。もう雪は降っていません。火はあいかわらずよく燃えています。

「今度はおまえの番だ」とヴィタリスは言いました。「ときどき炉に木を入れさえすればいいんだ。ほら、おまえのために木をとっておいてやったぞ」

手の届くところに、小枝が集められ、積み重ねられていました。ぼくの目がさめ、見張りをする態勢が整ったと見てとると、親方は毛布にくるんだジョリクールをだきしめ、火の前で横になりました。やがて呼吸が深く、規則正しくなり、親方が眠りについたとわかりました。

親方は静かに眠っていました。犬たちとジョリクールも眠っていました。炉からはきれいな炎が高くあがり、屋根までうずを巻いて立ちのぼるかのようでした。火花がパチパチいって、その音だけが静けさをやぶっています。

しばらくの間、ぼくはこの火花を見て楽しんでいました。しかし少しずつ疲れがぼくの体をとらえ、自分でも気づかないうちにうとうとし始めました。そしてぼくは、自分では「起きている」と思っていながら、すっかり眠り込んでしまったのです。

突然、激しくほえる声がして、ぼくはびくっとして目ざめました。長い時間眠ってしまっていたのです。小屋を明るく照らしていた炎はすでに消えていました。ほえ声は続きました。カピの声です。しかし、おかしなことに、ゼルビノも、ドルチェも仲間の声にこたえないのです。

「いったいなんだ？」とヴィタリスも起きてきました。「なにが起きたんだ？」

「わかりません」

「おまえは眠ってしまったんだな。火が消えてる」

カピは入り口に向かって突進しました。でも外には出ていかず、入り口のところでほえていました。カピの声にこたえて、二、三度、聞き覚えのあるドルチェの悲しげな声がしました。この声は小屋の裏のほう、かなり近いところから聞こえてきました。

ぼくは外に出ようとしましたが、親方は肩をつかんでとめ、

「まず、炉に木をくべろ」と命じました。

ぼくが言われたとおりにしていると、親方は炉から燃えさしの木を取り出して、炭になった先端に火をおこそうと、息を吹きかけました。そして木の先が赤く燃えたところで、炉に戻さずに手に持ちました。「見にいこう」と親方は言いました。「わしのあとについてくるんだ。カピ、行くぞ！」

外に出ると、すごい遠ぼえが静けさをつんざきました。カピはこわがって、ぼくらの足もとに飛

びすさりました。

「あれはオオカミだ。ゼルビノとドルチェはどこにいるんだ？」

ぼくは答えられませんでした。二匹はぼくが眠っている間に外に出たに違いありません。オオカミが犬たちをさらっていったのだろうか？

ぼくは村でオオカミがいかに恐ろしいかという話を聞いていました。でも、ぼくはためらわず、火のついた枝で武装して、親方のあとに続きました。しかし、空き地に着いても、犬もオオカミもおらず、二匹の犬の足あとが残った雪が目に入るばかりでした。

ぼくたちは足あとをたどりました。足あとは小屋の周囲をめぐっていて、少しはなれたところ、暗がりの中に、動物が転がったように雪が踏みあらされた場所がありました。

「捜せ、捜せ、カピ！」と親方は言いながら、口笛を吹いて、ゼルビノとドルチェを呼びました。しかし、捜し続けても返事は返ってこないし、森の沈黙をやぶるような物音もしません。

「きっとオオカミがさらっていったのだ。なぜ、犬たちを外に行かせたんだ？」とヴィタリス。

「捜さなければ」とぼくは行こうとしましたが、ヴィタリスがとめました。

「こんな暗い雪の中、どうやって犬たちのいるところにたどり着けるというんだ？」

本当にそれは簡単なことではありませんでした。雪はひざの高さまで積もっているし、二本の火のついた枝だけで暗闇を明るく照らそうというのは無理な話です。

「わしの呼ぶ声にこたえないとすると、二匹は……ずいぶん遠くにいるのだろう」とヴィタリス。

「わしら自身がオオカミにおそわれては、もとも子もない。身を守る武器がないのだからな」

仲間であり、友だちでもある二匹のかわいそうな犬を見捨てて帰るのは、とりわけぼくにとってつらいことでした。ぼくは責任を感じていました。もしぼくが眠ってしまわなければ、犬たちが外に出ることもなかったのです。

親方が先に立って、小屋へ戻り、ぼくはひと足ごとにうしろをふり返って、なにか聞こえないかと立ち止まりながらあとに続きました。でも、雪のほかにはなにも見えないし、雪がきしむ音のほかにはなにも聞こえません。

小屋に戻ると、また意外なことが起きていました。ジョリクールが見あたらないのです。毛布は火の前にあるのに、ぺたんこになっていて、中に猿はいません。

ぼくはジョリクールの名を呼びました。ヴィタリスも呼びました。でも、姿をあらわしません。

ぼくたちは火のついた枝をひとつかみ手にして、外に出ました。前かがみになって、枝を雪にかざしながらジョリクールの足あとを探しました。けれども、なにも見つかりません。ならば外には出ていないのかも？　ぼくたちは小屋に戻り、枝の山の中にでもうずくまっていないか捜しました。

ときどきぼくたちは手をとめて、ジョリクールの名前を呼びました。返事はありません。ヴィタリスはいら立っているようでした。ぼくは心から後悔していました。かわいそうなジョリクール。「朝になるのを待とう」とヴィタリスは言いました。

星の光がうすれて、空が白くなってきました。朝です。幸いなことに、雪はやみ、また降り出すことはありませんでした。

ぼくたちはジョリクールの足あとを探しました。そのときカピが頭を上げて、うれしそうにほえました。それは地面ではなく、上のほうを探せという意味だったのです。大きなカシの木を目で追っていくと、てっぺんの枝分かれしているところに、小さな影がうずくまっているのが見えました。ジョリクールでした。どうしてこうなったかを想像するのは、むずかしくありませんでした。ぼくたちが外にいるとき、ジョリクールは犬とオオカミの遠ぼえの声がこわくなって、火のそばにいないで小屋の屋根に飛び移ったのです。そして安全なカシの木のてっぺんまで登って、ぼくたちが呼ぶのにもこたえず、うずくまっていたのでした。

親方はやさしく名前を呼びました。でもまったく動きません。ヴィタリスは名前を呼び続けました。ぼくは夜のあやまちをつぐなおうと思いました。

「ぼくがつかまえに行きます」

ぼくは以前、木登りを教わっていて、かなりじょうずに登ることができました。登りながら、ぼくはジョリクールにやさしく話しかけました。彼は動かず、目を光らせてぼくを見つめていました。ぼくはジョリクールのところに行き、手をのばしてつかまえようとしました。と、そのとき、猿はさっと飛んで、別の枝に行ってしまいました。ぼくは枝を伝って追いかけました。ジョリクールの手と足は雪でぬれ、しばらくすると追いかけっこに疲れてしまったようでした。そこで枝から枝へとかけおりて、ご主人の肩の上に飛び乗り、ベストの中にかくれました。

ジョリクールを見つけられたのはよかったけれど、それだけで終わりではありません。犬たちを捜さなければならないのでした。

昨日の夜に見た、雪が踏みあらされていた場所に着きました。今、明るいときに見ると、なにが起きたか推測するのはたやすいことでした。雪が、犬たちが死んだという残酷な話を物語っていたのです。二匹は連れだって小屋を出て、小屋にそって歩いていたのでしょう。その足あとは雪がぐちゃぐちゃになったところで消えていました。そして別の足あとが見えました。一方は犬に飛びかかったオオカミたちの足あと、もう一方は、オオカミたちが犬を押し倒して、連れ去った足あと。犬の足あとはばったりと消えて、ただ血のあとが雪の上にポツポツと残っているだけでした。

ぼくたちは小屋へ戻りました。ヴィタリスがまるで小さな子どもにするように、ジョリクールの手足を火にかざしている間、ぼくは毛布をよくあたため、ジョリクールを包みました。

親方とぼくは炉を囲んですわり、言葉もなく、身じろぎもせず、燃えさかる火を見つめていました。しかしぼくたちが感じていることをあらわすのに、言葉も、まなざしもいらなかったのです。

「かわいそうなゼルビノ、かわいそうなドルチェ。かわいそうな友だち!」

ぼくたちふたりは、こう心の中でつぶやいていました。

二匹の犬は仲間であり、苦楽をともにする友でした。そのうえぼくにとっては、つらく、孤独な日々を救ってくれた友だちであり、ほとんど子どものようなものでした。

そしてその犬たちを死なせたのは、ぼくの罪なのです。

ぼくは自分が許せませんでした。もしぼくがきちんと見張りをしていたら、もしぼくが眠ってしまわなければ、犬は外に出ず、オオカミが小屋をおそうこともなかったでしょう。

ぼくはヴィタリスにしかってほしかったし、なぐってくれとたのもうとさえ思いました。でも、ヴィタリスはなにも言いませんし、ぼくのほうを見向きもしません。炉の上でうつむき、きっと、これから犬たちなしで、どうやってやっていこうかと考えているのでしょう。犬たちがいなくて興行ができるんだろうか? どうやってかせいでいけばいいんだろうか?

ジョリクールの芸人魂

天気がよくなるという明け方の予想は当たりました。雲ひとつない空に太陽が輝き、青みをおびた光が純白の雪に反射していました。昨日、悲しく、沈んでいた森も、今は目がくらむほどのまぶしい明るさに包まれていました。

ヴィタリスはときどき、毛布の中に手を入れてジョリクールにふれました。しかしジョリクールはちっともあたたまっておらず、ぼくがのぞき込むと、ぶるぶるふるえていました。ここでは凍ったように冷たくなったジョリクールの血をあたためられないのは明らかでした。

「早く村に行かなければ」とヴィタリスは立ち上がりました。「さもないとジョリクールはここで死んでしまう。途中で死なないだけでも幸運かもしれん。さあ、行こう」

親方は毛布をよくあたため、ジョリクールを包んで、ベストの中に入れて、胸にだきしめました。出発の準備はととのいました。

親方が先に立ち、ぼくは彼が歩いたあとをたどりました。

大きな道に出て十分ほどすると、馬車とすれ違い、御者が一時間もしないで村に着くと教えてくれました。その言葉はぼくたちにやる気を起こさせました。けれども、腰まで積もった雪の中を歩くのは大変だし、苦痛でした。ときおりヴィタリスに、ジョリクールの様子をきくと、まだふるえているると答えるのでした。

ついに、坂道を下ったところに、雪にうもれたいくつかの屋根が見えました。あと少しのしんぼうで村に着くのです。

普段ぼくたちは高級な宿に泊まることはなく、村の入り口や場末にある貧弱な宿を選んでいました。そんな宿なら断られることはなかったし、ぼくらのさいふがからっぽになる心配もなかったからです。しかし今回、親方はいつもとは違っていました。村の入り口では立ち止まらず、金色の立派な看板がかかった宿まで歩いていきました。宿の台所の扉は大きく開いていて、肉がのったテーブルや、大きなかまどにいくつもの銅鍋がかけられ、天井に湯気を吐き出しながら楽しそうな音をたてているのが見えました。通りにいても濃いスープのいいにおいがして、からっぽの胃袋を心地よく刺激しました。

親方は「紳士」らしい雰囲気を身にまとい、帽子をかぶり、頭をぐっと反らし、台所に入っていきました。そして宿の主人に、暖炉のある上等な部屋に通すように言いつけました。

貫禄のある主人は、初めのうち、ぼくたちを見下していました。しかし、親方の堂々とした態度に気おされたのか、メイドに案内を命じました。

「早く、ベッドに入るんだ」と、メイドが火をおこしている間にヴィタリスは言いました。

ぼくはおどろきました。なぜベッドに入るの？　ベッドよりはテーブルにつきたいのに。

「ほら、急げ！」とヴィタリスはくり返しました。

ベッドには羽根ぶとんが置いてありました。ヴィタリスはふとんをぼくのあごまでかぶせました。

「あたたまれ」とヴィタリス。「おまえがあたたまれば、あたたまるほどいいんだ」

ぼくがふとんの中であたたまろうとしている間、ヴィタリスはかわいそうなジョリクールを、肉をローストするときのように、暖炉の前で何度も回してあたためていました。

「あたたまったか？」。少したってヴィタリスはききました。

「暑くて息がつまりそう」

「それでちょうどいい」

そしてさっとぼくのところに来ると、ジョリクールをベッドに入れ、胸にしっかりとだきしめているよう言いつけました。

ジョリクールはいつもなら気に入らないことをされると、絶対に言うことをきかないのに、あきらめておとなしくしていました。動かず、ぼくにぴったりとくっついていましたが、もう体は冷たくなくて、燃えるように熱くなっていました。

親方は台所におりていって、砂糖を入れた熱いワインをもらってきました。スプーンで少しでも飲ませようとしましたが、ジョリクールは歯をくいしばって口を開けようとしません。そしていじめないでとでも言うように、よく光る目で悲しそうにぼくたちを見つめました。ジョリクールが病気なのは明らかでした。あんなに好きな砂糖入りワインを飲まないほど具合が悪いのです。

「このワインはおまえが飲んでおしまい」とヴィタリスは言いました。「で、ベッドに入ったままでいなさい。わしは医者を呼びにいってくる」

親方は長くは留守にはしていませんでした。まもなく金縁のめがねをかけた紳士、お医者さんを連れて戻ってきました。

お医者さんは、猿の診察はしてくれないだろうからと、ヴィタリスはだれが患者か言わずに連れてきていました。お医者さんはぼくがベッドで赤い顔をしているのを見て、手をおでこに当て、「血がのぼってますな」と言いました。そして「あまりよくない」と言うかのように、頭をふりました。

「病人はぼくじゃないんです」

「なんですと、病気ではない？ この子はうわごとを言っているようですな」

ぼくは答えずに、毛布を少し持ち上げて、細い腕をぼくの首に巻きつけているジョリクールを見せました。

「病気なのはこの猿なんです」とぼくは言いました。

お医者さんはあとずさりし、ヴィタリスに向き直りました。

「猿！」と彼はさけびました。「猿のために、こんな天気の日にわたしを呼び出したのかね！」

お医者さんは怒って帰ってしまうだろうとぼくは思いました。

しかし、そこは世慣れた親方のこと、すぐにカッとすることはありませんでした。礼儀正しく、そして堂々とした態度で、お医者さんを引きとめ、状況を説明しました。

「たしかに患者は猿です。けれども、天才的な猿で、わたしたちにとっては、仲間以上のもの、友人なのです。このようなすばらしい喜劇役者を獣医師に診察させることができましょうか！」

イタリア人はおだてるのがじょうずです。扉のほうに行きかけていたお医者さんは引き返してきて、ベッドに近づきました。

親方が話している間に、ジョリクールはこのめがねをかけた人は、まちがいなくお医者さんだと見抜いていました。そして細い腕を何度もふとんから出しました。

「この猿のかしこさを見てやってください。彼はあなたが医者と知っていて、脈をとってもらおうと腕をさし出しているんです」

このことがお医者さんの決心をかためさせました。

ジョリクールがさし出した細い腕を、お医者さんはつかみ、静脈に針を入れました。ジョリクールは小さなうめき声ひとつあげません。よくなるためには、こうしなければならないとわかっているのです。ぼくはヴィタリスの指示のもと、看護人をつとめました。

かわいそうなジョリクールはぼくたちが看病するのを喜んで、ふたりにほほえみでむくいました。そのまなざしは本当に人間のようでした。ちょっと前までは、あんなに活発で、はしゃいで、人を困らせてばかりで、いたずらっ子だったジョリクールが、今ではおとなしさ、従順さの手本のようでした。

ジョリクールの病気はいわゆる肺炎の進行をたどりました。やがてせきが出始め、体が弱っていきました。

ある朝、ジョリクールをひとりきりにしておくわけにはいかないので、ぼくはそばに残っていました。すると朝食から戻ってきたヴィタリスが、宿屋の主人に宿代を請求されたと言いました。もし宿代を払ってしまえば、あとには五十スーしか残りません。

ヴィタリスは、窮地を脱する手はただひとつ、今晩、興行をするしかないと考えていました。でも、ゼルビノやドルチェやジョリクールなしで興行をする！　そんなの無理に決まっています。

しかし今のぼくたちの立場では、できないからと、しょんぼりしてはいられません。とにかくジョリクールの治療をして、命を助けなければ。とはいえ、お医者さん、薬、暖炉の火、部屋……宿の主人に支払いをするのに、少なくともすぐ四十フランはかせがないとならないのです。

ぼくがジョリクールを看病している間に、親方は市場の中に芝居ができる場所を見つけてきました。この寒さの中、外で興行をするのはむずかしいからです。ポスターを作って、はりました。板きれ何枚かで舞台を作り、思い切って五十スーをふんぱつして照明用のろうそくを買いました。

部屋の窓から、ぼくは親方が雪の中を行ったり来たりし、宿の前を通りすぎてはまた戻りしているのを見ていました。そして「興行の出し物はどうなるのだろう」と、心配していました。

出し物がどうなるのかは、まもなくわかりました。赤い将校帽をかぶった村の太鼓たたきが宿の前に来て、ドロドロいう太鼓の音に続いて、出し物の題名を告げたからです。

太鼓の音を聞いて、カピは楽しげにほえました。ジョリクールはひどく具合が悪かったのに、少し起き上がりました。二匹とも太鼓は興行の合図だと知っているのです。ジョリクールがパントマイムを始めて、「やっぱりわかっているんだな」とぼくは思いました。彼は起き上がろうとし、ぼくは力ずくで寝かせました。ジョリクールは、今晩自分の役をやるんだという考えをあきらめそうにありません。これはかくれて出かけるのがいちばんのようです。

悪いことに、ヴィタリスは自分がいない間のできごとを知らなかったので、帰ってきて最初に、ぼくにハープと芝居に必要な小道具を持っていけと言ってしまったのです。おなじみのこの言葉を聞くと、ジョリクールは、今度は親方にたのみ始めました。

「だが、おまえは病気なのだよ、かわいそうなジョリクール」

「もう治りました！」とジョリクールは表情で訴えました。

息をするのがやっとの病人が、熱心にこいねがう様子、表情には、心を動かさずにはいられませんでした。けれども願いをかなえてやれば、ジョリクールを確実に死に追いやることになるのです。

市場に行く時間が来ました。ぼくは長くもちそうな太い薪を暖炉にくべて、火を強くして、ジョリクールを毛布にくるみました。そしてぼくたちは出発しました。

雪の中を歩きながら、親方はぼくがすべきことを説明しました。主役の芸人がいない以上、普段の芝居をするのは論外です。でもカピとぼくは、熱意と才能のありったけを発揮しなければならないのです。なにせ四十フランをかせがなければならないのですから。

舞台に最初にお目見えしたのはぼくでした。ハープを演奏しながら、二曲の歌を歌いました。正直なところ、拍手はかなりまばらだったと言わざるをえません。カピはぼくよりうまくやりました。お客さんは何度もくり返し、力いっぱい拍手をあびせました。出し物は続きました。カピのおかげで、ブラボーの声が飛びかう中、興行は終わりました。お客さんたちは、拍手だけでなく、足踏みまでして喜んでいました。

カピは皿をくわえて、集まった人たちの間を歩き回りました。カピは四十フランを集められるでしょうか？　カピはお客さんの間をゆっくりと回り、お金をくれない人がいると、さいふが入ったポケットを小さくトントンとたたいて、催促するのでした。ようやくカピは戻ってきました。皿はいっぱいになっていない、というか、いっぱいにはほど遠いありさまでした。

実入りが少ないのを見てとったヴィタリスは、立ち上がり、「これで本日の演目は終わりでございます。しかしながら、ろうそくもまだ明るく燃えているようですし、もしみなさまがお望みなら、わたくしが二、三曲歌ってお聞かせいたしましょう」

ヴィタリスはぼくの歌の先生でしたが、本気を出して、少なくともその晩のように歌うのをこれまで聞いたことがありませんでした。親方の歌い方がぼくの中の感情を呼びさまし、舞台のそでに引っ込んでいたぼくは泣きくずれていました。涙でかすんだ目で客席をながめていると、最前列にすわっている若い女の人が力の限り拍手をしているのが見えました。その人は若く、美しい本当の淑女で、毛皮の上着を着ていました。きっと村いちばんのお金持ちなのでしょう。

「あなたの親方とお話がしたいの」と彼女は言いました。ぼくはヴィタリスに伝えました。

ヴィタリスはカピを連れて、女の人のところに行きました。

「わざわざすみません」とその人は言いました。「でも、あなたはすばらしかったと言いたくて」

ヴィタリスは無言でただ会釈をしました。

「わたくしは音楽家ですの」とその女の人は続けました。「こう言えば、わたくしが、あなたのような偉大な才能にどれほど感激したか、おわかりでしょう」

「わしのような老いぼれに、才能もなにもありません」とヴィタリス。「あなたはおどろかれたのでしょうな、動物使いの男が歌らしきものを歌ったのですから。なに、簡単なことです。わしはずっと今のような仕事をしていたわけではないのです。かつて、若いころわしは……ある大歌手の召し使いをしていて、主人が練習していた歌をオウムのようにまねして、くり返し歌っていた。ただそれだけのことです」

「ごきげんよう、ムッシュー。こんなに感動したことに、もう一度お礼を言わせてくださいな」

そしてカピのほうに身をかがめると、金貨を一枚、皿に入れました。彼女が遠ざかると、ヴィタリスが小さな声で二、三言、イタリア語でののしり言葉をつぶやくのが聞こえました。

「でも、あの人はカピに二十フラン分の金貨をくれたんですよ」とぼくは言いました。

「金貨」と彼は夢からさめたかのように言いました。「そうだ、かわいそうなジョリクールのことを忘れていた。早く帰ってやらなければ」

さっさと片づけをして、ぼくたちは宿へ帰りました。ぼくはまっ先に階段を登り、部屋にかけ込みました。火はまだ消えていませんでしたが、炎はあがっていませんでした。ぼくは急いでろうそくに火をつけ、ジョリクールのところへ行きました。おどろいたことに、ジョリクールの声は聞こえません。

ジョリクールは毛布の中に横たわっていました。将軍の衣装を着て、眠っているようでした。ぼくは目をさまさせないようにかがみ込むと、そっと手をとりました。その手は冷たくなっていました。

「ジョリクールが冷たくなってる！」

ヴィタリスはぼくに身を寄せて、かがみ込みました。

「ああ、死んでいる。こうなるしかなかったのだ。レミ、ミリガン夫人からおまえを引きはなしたのはまちがいだったのかもしれん。わしは自分のあやまちの罰を受けているようだ。ゼルビノ、ドルチェ……そして今日、ジョリクールまで。でも、不幸はこれで終わりじゃないかもしれない」

花の都の現実

　ぼくたちはまだ、パリから遠くはなれたところにいました。雪が積もった道を、朝も夜も、顔に吹きつける北風に向かって歩いていかねばならなかったのです。この長い旅路は、なんと悲しいものだったことか！　ヴィタリスが先頭を行き、ぼくがあとにつき、カピはぼくのうしろを歩いていました。

　だまったまま歩くのは苦痛でした。ぼくは話したかったし、気をまぎらわせたかったのです。しかしヴィタリスはぼくが話しかけても、短く答えるだけで、ふり返りもしませんでした。

　幸いなことに、カピは愛想がよく、ぼくは歩きながら、手にたびたびカピのしめった舌がふれるのを感じました。カピはなめることでこう言っていたのです。

「ぼくはここにいるよ。カピだよ。きみの友だちだよ」

　だからぼくも歩きながら、カピをやさしくなでてやりました。ぼくがカピの愛情をうれしく思っているのと同じように、カピもぼくの愛情をうれしく思っているようでした。

ぼくたちは、でこぼこ道やすべりやすい道を、夜、馬小屋や羊小屋で眠るときのほかは、目ざめたときから夜まで立ち止まらず、ひたすら歩き続けました。夜には薄いパン一切れを食べ、それで昼食と夕食をかねました。羊小屋に泊まれるときは幸運でした。羊の体温はぼくたちを寒さから守ってくれました。そのうえ今は母羊が子どもに乳をやる時期なので、羊飼いが羊の乳を少し飲ませてくれることもありました。

何キロも、何キロも歩き続け、ぼくたちはパリに近づいていきました。

花の都パリ！　とはいえパリに行って、どうするのだろう？　しかもこんなみじめなありさまで。長い道のりの間、こんな疑問がしょっちゅう頭に浮かび、ぼくは心配のあまり自分で自分に問いかけていました。ヴィタリスにきいてみたかったけれど、思い切ってきくことはできませんでした。ヴィタリスがあまりに暗い顔をして、いつもそっけなくものを言うだけだったからです。

ぼくたちがボワシー・サン・レジェという村から少しはなれた農家に泊まった翌朝のことでした。ぼくたちは夜明けに出発し、牧草地の柵にそって歩き、ボワシー・サン・レジェの村を横切っていきました。たどり着いた丘の上から見下ろすと、大きな街の上に大きな黒いもやがかかり、そびえ立つ建物がぼんやりと見えました。ぼくは目を見開いて、もやと煙の中に沈む屋根や教会や塔を見分けようとしていました。ヴィタリスは足をゆるめ、ぼくのそばに来て、もうずいぶん前からしゃべっていた話の続きでもするような調子で言いました。

「わしらの生活は変わっていくんだ。四時間もすればパリだ」

「ああ、あの下のほうに見えるのがパリなんですね？」

「そうだよ。パリで、わしらは別れ別れになるんだ」

ぼくはヴィタリスに目を向けました。ヴィタリスもぼくを見ました。ぼくの顔はまっ青で、くちびるはふるえていて、ぼくの心の中の思いを伝えていました。

「これからのことを心配しているのだな」とヴィタリスは言いました。

「別れ別れになる！」。最初のショックが過ぎて、ぼくはやっとそう言いました。

「かわいそうな子！」とヴィタリス。この言葉、そして話す調子を聞いて、ぼくの目には涙が浮かびました。思いやりのこもった言葉を聞くのが久しぶりだったからです。

「あなたはやさしい方です」とぼくはさけびました。

「やさしいのはおまえだよ。やさしい、勇敢な子だ。わしがおまえに頼っていると言うと、おまえはおどろくだろうが、そうじゃないかね？　おまえがわしの話を聞いて、目が涙にぬれているのを見ているだけで、わしは気持ちが楽になる。わしだっておまえと別れるのはつらいんだ、レミ。が、不幸なことに、人と人は心を近づけたいと願うときほど、はなればなれになってしまうものだ」

「でも、ぼくをパリで放り出したりはしないでしょう？」

「いや、おまえを放り出すなんて思ってない、大丈夫だ。おまえをパリでひとりぼっちにしたらどうなるんだ？　それにわしには放り出す権利などない。あの立派なご婦人におまえをまかせないと決めた日に、わしはせいいっぱいおまえを育てる義務を負ったのだ。でも、今の状況ではそれは無理だ。今、わしはおまえになにもしてやれない。それがおまえと別れる理由だ。なに、ずっとじゃない、何か月か、つらい季節が終わるまで、めいめいで生活を立てられるようにするためだ。あと何時間かでパリに着く。パリで、カピだけの一座でいったいなにができるというのかね？」

　自分の名前を聞くと、カピはぼくたちの前にすっくと立ち、前脚を耳のところに持ってきて敬礼をしてから、胸に当てました。そのしぐさは、わたしの忠誠心をあてにしてくれていいんですよ、という気持ちをあらわしているかのようでした。

「おまえもやさしい犬だ」とヴィタリスは言いました。「でも、この世の中はやさしいだけでは生きていけない。まわりの人を幸せにするためには、やさしさだけでなく、ほかのことも必要なのだ。だが、今のわれわれにはそれがない。カピだけでわしらになにができる？　よく考えてごらん、これでは芝居はできないだろう？」

「それはそうです」

「わしらは一日に二十スーしかかせげないだろうし、二十スーでは三人が生きていくことはできないだろう？　雨の日や雪の日やすごく寒い日は、まったく実入りがなくなるだろうし」

「でも、ぼくがハープを弾いたら？」

「おまえみたいな子がふたりいれば、どうにかなるだろう。けれどわしのような年寄りと、おまえの年ごろの子どもでは、うまくはいかん。だからわしは考え、決めたのだ。冬が終わるまで、おまえを『元締め』のところに預けて、ほかの子たちといっしょに、ハープを弾かせてもらうようにしようと思う」

ハープのことを口にしたときには、こんな結論になろうとは思いもしませんでした。ヴィタリスはぼくに口をはさむ間を与えませんでした。

「わしはハープやバイオリンを、パリの路上で芸をしているイタリア人の子たちに教えようと思う。わしはパリでは少しは知られた存在なんだ。何度も生活したことがあるし、おまえの村に行ったときもそれまではパリにいたのだ。わしが教えると言えば、ほしいだけの弟子は集まる。わしらは暮らしていけるだろう。でも、それは別々にだ。わしはレッスンをしながら、ゼルビノとドルチェのかわりになるよう、犬を二匹訓練しよう。うまく教え込めれば、春にはまたふたりそろって旅に出られるはずだ、レミ。闘う勇気を持ってさえいれば、運は悪いほうには転ばないものだ。今、わしがおまえに望むのは、勇気を持つことと、吹っ切ることなのだ。もう少したてば、物ごとはいいほうに進むだろう。今だけのしんぼうだ。春にはまた自由な生活が送れるぞ。ドイツにも、イギリスにも連れていってやろう。おまえはもっと成長して、知識も増える。おまえにいろいろなことを教えて、一人前の男にしてやろう。わしはミリガン夫人にそう約束したのだから、それを守らなければ。その旅を見越して、もう英語も、イタリア語も教え始めている。それにおまえはこんなにたくましくなって。見ていてごらん、レミ。すべてが失われたわけではないのだ」

しかし、ヴィタリスがこう言っている間、ぼくはふたつのことしか頭にありませんでした。ぼくたちは別れ別れになるということ。そして『元締め』のこと。

村から村へ移動しているとき、ぼくは何人かの元締めという人に会いました。彼らはそこかしこでやとい入れた子どもたちを棒でなぐりながら連れ歩いていました。彼らはヴィタリスとはまったく違っていて、情がなく、よこしまで、強欲で、のんだくれで、口から出るのはののしり言葉や下品な言葉ばかりで、すぐ手をあげる、そういう人たちでした。

ぼくはそんな元締めのひとりに預けられるのかもしれません。たとえたまたま、いい元締めにあたったとしても、また違う人のもとに行くことになってしまうのです。

バルブラン母さんからヴィタリスに。ヴィタリスからほかの人に。これからもずっとこうなのでしょうか？　ぼくは愛し続けることができる人といつまでもめぐり会えないのでしょうか？　だんだんとぼくは、ヴィタリスのことを父親のように思い始めていたのです。

　でも、ぼくには父さんはいない。家族もいない。この世でひとりぼっちだ。この広い世界に放り出されて、どこにも属していない。

　ぼくにはたくさん言いたいことがありました。言葉がくちびるからあふれそうになりましたが、ぐっと飲み込みました。親方が勇気を持つこと、吹っ切ることを求めるのなら、ぼくは言われたとおりにして、彼の悲しみを増すようなことはしないようにしよう。

　それにヴィタリスはもうぼくのそばにはいませんでした。ぼくが答えるのを察し、その答えを聞くのを恐れているかのように、もう何歩か先を歩いていたのです。

　ぼくは親方に続きました。川にたどり着き、見たことがないような、泥だらけの橋を渡りました。雪が炭のように黒くなり、ズルズルとした層になっておおっているところを、くるぶしまでうまりながら歩いたのです。橋を渡り切ったところに、狭い道が通る村があり、その村に続いて、またみすぼらしい家のある野原が広がっていました。

　道には馬車が連なり、ひっきりなしにすれ違っています。ぼくはヴィタリスに追いついて、その右側を歩き、カピはぼくたちのうしろについてきていました。

やがて野原がとぎれ、どこまで続くかわからないほど長い道がありました。道の両側には家がずっと並び、その家々はみすぼらしく、きたならしく、これまで訪れたどの町の家よりも見おとりがするのでした。

雪がところどころ山になって積んであり、その黒くかたい山の上には灰やくさった野菜やあらゆる種類のごみが捨てられていました。空気はひどいにおいがして、扉の前で遊んでいる子どもたちは青白い顔をしていました。馬車が通っても、その子たちはうまくよけて、いっこうに気にしていないように見えました。

「ここはどこですか？」とぼくはヴィタリスにききました。

「パリだよ」

「パリ……！」

ここが花の都パリなんてことはあろうか？　ぼくが思い描いていた、大理石でできたお屋敷はどこに？　絹の服を着た人はどこに？　現実はなんとみにくく、みじめなのだろう！

ここが、ぼくが憧れていたパリだというのでしょうか？

そうです、ぼくはここ、パリで冬を過ごさねばならないのです。ヴィタリスや、カピと別れて。

ルールシヌ通りの元締め

ぼくは自分の境遇の深刻さをほとんど忘れ、目を見開き、まわりを見わたしていました。溝はまだ凍りついていました。雪と氷が混じった泥は、いっそう黒ずんで、ドロドロなところを通った馬車の車輪ではねがあがり、みじめできたならしい店の店先やガラス窓にこびりついていました。

ぼくたちは大きな通りをしばらく歩きました。その道は、これまで歩いてきた道より、少しはましで、通りを下るにつれ、店はだんだんと大きく、こぎれいになっていきました。ヴィタリスは右に曲がり、やがてぼくたちは貧民街にさしかかりました。背が高く、黒っぽい建物が高いところで連なっているように見え、通りのまんなかの溝に水が流れています。大勢の人が水のにおいも気にせずに、油じみた石だたみを歩いていました。ぼくはこの人たちのように顔色の悪い人を見たことがありませんでしたし、通行人の間を行き来する子どもたちのようにふてぶてしい子に出会ったこともありません。居並ぶ居酒屋では、男女がカウンターの前に立って、大声でわめきながら、お酒を飲んでいました。

一軒の建物の角に、ルールシヌ通りという表示がありました。ヴィタリスは自分の行く場所をよく心得ているらしく、ぼくは彼についていきました。

「はぐれないようにしろ」と彼は言いました。でも、そんな忠告は必要ありません。ぼくは親方にぴったりくっついて歩いていたし、念のために親方のベストのはしをつかんでもいたのです。

広い中庭や通路を通り過ぎて、日ざしがまったくささないような暗くて、くすんだ井戸の底みたいなところに着きました。そこは、ぼくが見た中でもっともきたならしく、身の毛のよだつような場所でした。

「ガロフォリは家にいるかね？」とヴィタリスはランプを照らしながら、壁にボロ布をかけている男にききました。

「知らんね。自分で上がって見てみちゃどうだね。階段を上がって、正面だ」

階段を四つ上がり、ヴィタリスは踊り場に面した扉をノックせずに押し開けました。そこは大きな屋根裏部屋のような部屋でした。部屋のまんなかは大きくあいていて、まわりに十二のベッドが並んでいます。壁と天井はなんともいえない色をしていて、もとは白かったのが煙とほこりとあらゆる種類の汚れがしっくいを黒ずませて、ところどころへこんだり穴があいたりしていました。

「ガロフォリ」と入っていきながらヴィタリスは呼びかけました。「いるのか？　ヴィタリスがあんたに話があるんだ」。親方の声にこたえて、弱々しく、悲しげな子どもの声がしました。

「ガロフォリさんは出かけています。二時間は帰ってきません」。それは十歳くらいの子どもでした。その子は、はうようにしてぼくたちのほうに寄ってきました。

「二時間すれば帰ってくるのだな？　もしそれより早く戻ってきたら、ヴィタリスが二時間後に来ると伝えておくれ」とヴィタリス。

ぼくも親方に続いて出ていこうとしましたが、とめられました。

「ここにいて、わしが戻ってくるまで休んでいなさい」

いくら疲れていても、ヴィタリスについていくほうがよかったのですが、命令されたときには、従う習慣だったので、そこに残りました。

「きみはイタリアから来たの？」とその子がイタリア語でききました。

ぼくはヴィタリスと暮らすようになってから、イタリア語を勉強して、だいたいなにを話しているのかわかるくらいにはなっていました。でも、自分から話すほどにはうまくなかったので、

「ううん」とフランス語で答えました。「ぼくはフランス人なんだ」

「ああ、それはよかった。もしきみがイタリア人だったら、ガロフォリに使われるために来たんだろうから。元締めに使われる人に対して、よかったなんて言えないよ」。この話は安心できるよう

なたぐいのものとは言えません。

「ガロフォリさんは悪い人なの？」

その子はこの単刀直入な質問には答えませんでした。けれどもぼくを見るまなざしは恐怖をあらわしていました。その子はぼくに背を向けて、部屋のはしにある大きな暖炉のほうに行きました。

暖炉では、折れた木がめらめらと燃え、そこには大きな鍋がかかっていました。ぼくはあたたまろうと近づき、その鍋に特別なしかけがあるのに気づきました。

「なんでこの鍋は錠前でしめられているの？」

「おれがスープを食べられないようにだよ。スープを作るのはおれの役目なんだけど、元締めはおれを信用していないんだ」

「ガロフォリさんはきみを飢え死にさせようとしているの？」

「もしきみがここであいつに使われるようになったら、わかるよ。飢え死にしやしない、ただ飢えて苦しいんだ。特におれの場合、これは罰だから」

「罰？　飢えさせるのが」

「ああ。おれの名前はマチア。ガロフォリはおれのおじで、お情けでおれを引き取ったんだ。父さんが亡くなってうちには金がなかった。去年、ガロフォリが子どもたちを集めようとイタリアのふるさとに来たとき、あいつは母さんにおれを引き取ると申し出たんだ。母さんは『マチアが行ってしまう』と悲しんでいたけど、しかたなかった。だっておれんちは子どもが六人もいて、おれはいちばん上の子だったから。で、おれはガロフォリといっしょに旅に出た」

マチアは話を続けました。

「ガロフォリとふたりで家を出発したんだけど、一週間たつと、十二人になっていた。おれたちはみんなでフランスを目指した。パリでガロフォリはおれに二匹の小さな白ネズミをわたして、路地や戸口のところでお客に見せて、一日三十スーかせげと命令した。『夜、かせぎが足りなかったら、一スーごとに一回棒きれでぶんなぐるぞ』と言われてね。でもけん命にやっても、その額に届かないこともよくあったんだ。ガロフォリはひどく怒ったよ。とうとうガロフォリは、なぐっても効かないと思って、別の方法に変えたんだ。『一スー不足するごとに、スープに入れるジャガイモを一個減らす』ってね。でも、おれがあまりに顔色が悪いもんだから、このあたりに住んでる人がおれをあわれんで、パンやスープをくれるようになった。けれど、ある日ガロフォリに、果物屋のおばさんのとこでスープを食べているところを見つかっちまった。で、あいつはおれを部屋に閉じ込めて、スープを作らせ、家事をさせると決めたんだ。そして盗み食いできないように、この鍋を考え出したんだよ」

そろそろガロフォリの弟子たちがみんな帰ってくる時間でした。そして階段に重い足音が響き、ガロフォリも帰宅しました。

「この子はだれだ？」と男はぼくを指さして言いました。

マチアがすぐに、ていねいにヴィタリスの伝言を伝えました。

「ああ、ヴィタリスがパリにいるのか。なんの用だ？」

「親方はもうすぐ来ます」。ぼくはおずおずしてしまって、きちんと答えられませんでした。「親方が自分でお話しすると思います」

「さて」とガロフォリはどっかりとすわり、パイプをふかしながら言いました。「勘定するとしようか。マチア、帳簿は？」

マチアが垢じみた小さな帳簿を運んできました。ガロフォリはひとりの子に合図をしました。

「昨日、おまえはおれに一スーの借りがある。今日返すと約束したが、いくら持ってきた？」

子どもはしばらく答えるのをためらっていました。その子はまっ赤になっていました。

「一スー足りません」

「一スー足りない。よくそんなことが平気で言えるな」

「足りないと言ったのは、昨日の一スーのことじゃなくて、今日の一スーのことなんです」

「ということは全部で二スー不足しているんだな。規則は知ってるな。上着をぬげ。昨日の分で二発、今日の分で二発だ。それにジャガイモもなしだ。リカルドや、おまえはいい子だからお楽しみをあげよう。やつをむちで打っておくれ」

新たに子どもたちが戻ってきていて、順番にかせぎを出しました。全部で五人の子が額が足りていませんでした。

リカルドはむちを手にとり、五人の子が彼の前に並びました。むちが当たる音を聞いて、ぼくの目には涙があふれました。打たれた子たちは声をあげました。幸いにもぼくは、それ以上見なくてすみました。階段の扉が開いて、ヴィタリスが入ってきたのです。ヴィタリスは一目見て理解しました。彼は階段を登りながら悲鳴を聞いて、この事態を察していたのです。彼はリカルドにかけ寄って、手からむちを取り上げました。そしてさっとガロフォリに向き直り、腕組みをして立ちはだかりました。ガロフォリはあ然としていました。しかしすぐに立ち直り、余裕のあるほほえみを浮かべました。

「恥を知れ！」とヴィタリスはさけびました。「こんなふうに手向かいできない子どものことをひどくいじめるなんて、恥ずべき、ひきょうな行為だ」

「口出しするな、老いぼれ」。ガロフォリの口調が変わりました。

「警察がこれを見たら、どうする」

「警察！」とガロフォリは立ち上がりながらどなりました。「警察と言っておどすつもりか。よく聞け、ヴィタリス」とガロフォリは静かに、からかうような口調で言いました。「おれのほうにも、ばらす種はあるからな。もちろん、おれは警察にはなにも言わないよ、あんたの件は警察とは関係ないからな。でも、興味を持っているやつらがいるし、そいつらにおれが知っていることを話せば……一言、ある名前を言えば、逃げ出さなくちゃならないのはだれだろうね？」

親方は一瞬、なにも答えずにいました。親方が逃げ出す？　ぼくはびっくりしてしまいました。ぼくがおどろきから立ち直る前に、親方はぼくの手をとって言いました。

「ついておいで」

「うらみっこなしだ、老いぼれ。そうだ、あんた、おれに話があったんじゃないのか？」とガロフォリは笑いながら言いました。

「あんたに言うことはない」

それから一言もしゃべらずに、ヴィタリスはぼくの手を引いたまま階段をおりました。

こごえる夜を歩く

「正義感があるという話は聞くぶんにはいいけれど」と彼は自分に聞かせるように言いました。

「でもその結果、ほら、わしらはパリの石だたみの上で、ポケットに一スーもなく、胃の中にひとかけらのパンもないまま、放り出されてしまった。おまえ、おなかがすいているだろう？」

「朝、くださったパンを食べてから、なにも口にしていません」

「かわいそうに。今晩はごはん抜きで寝ることになりそうだ。せめて寝るところが見つかればいいのだが！」

「ガロフォリの家に泊まろうと思っていたんですか？」

「おまえはあそこで泊めてもらえると思ってたんだよ。それにおまえが冬じゅうあそこにいれば、ガロフォリは二十フランくらいは渡してくれそうだったから、当座はなんとかなりそうだと思ってた。でも、やつがどんなふうに子どもを扱うかを見て、われを失ってしまった。おまえだって、やつのところにはいたくなかっただろう？」

「ああ、あなたはいい方です」

「わしは年老いた流れ者だけど、心まで死んだわけじゃない。ただ不幸にも、きちんと計画を立てていたのに、血が騒いだせいでダメにしてしまったというわけだ。さて、どこへ行こう？」

夜になり、昼間はゆるんでいた寒さがまたきつくなり、凍りつくようでした。北風が吹き、つらい夜になりそうでした。とうとうヴィタリスは立ち上がりました。

「どこへ行くのですか？」

「ジャンティイに行って、石切り場を探してみようと思う。以前そこで寝たことがあるんだ。子どもたちよ、前へ進め！」

前へ進め！――これはヴィタリスが、きげんがいいときに犬やぼくに向かって言う言葉でした。でも、その晩は悲しげに聞こえました。

大きな通りから路地へ、路地からまた大きな通りへ、ぼくたちはずっと歩き続けました。ヴィタリスは一言もしゃべらず、体をふたつに折るようにして歩いていました。寒いのに、ヴィタリスの手はぼくの手の中で燃えるように熱く、ふるえているようでした。ときおり立ち止まって、ぼくの肩にもたれかかると、体がけいれんするようにゆれているのが感じられました。

「親方は病気なんです！」と立ち止まったとき、ぼくは言いました。

「そうじゃないかと思う。とにかくわしは疲れた。このところ年のわりには長く歩きすぎているし、今日の寒さはわしの体には毒だ。ちゃんとしたベッドで眠れて、すきま風のない部屋にいて、暖炉の前で夕食が食べられれば。でも、そんなものは全部夢だ。さあ、前へ進め、子どもたち！

前へ進め！ぼくたちは街を出て、あるときは両側に壁が並んだ道を、あるときはだだっ広い野原を、ずっと歩き続けました。通行人もおらず、警官もおらず、ガス灯もなく、ただところどころにあかりのともった窓があり、ぼくらの頭上には暗い藍色の空が広がっていて、星はほとんど見えないのでした。風はいちだんと激しく、強く吹きつけ、服が体にぴったりとはりつくほどでした。

時間がたちました。ヴィタリスは立ち止まり、木立が見えないかたずねました。

「なにも見えません」と答えながら、ぼくはこわくて声がふるえました。

「大きな車輪のあとも？」

「ありません」

「道をまちがえたのか。もう五分歩いて、もし木立が見えなければ、引き返そう」

どうやら道に迷ってしまったようです。さらにかなりの時間探し歩いてようやく石切り場に着きましたが、塀に囲われて中に入れなくなっていました。

「わしはもうなすすべがない。ここで死ぬのだ」

「ああ、親方！」

「おまえは死にたくはあるまいな。おまえはまだ若くて、命がつきてしまうこともないだろうから。よし、歩こう。おまえ歩けるか？　パリへ戻るぞ」

けれどもヴィタリスには歩く意志こそあっても、もう力は残っていませんでした。しばらく行くと、また立ち止まってしまったのです。

「少し休まないと。もうこれ以上は歩けない」とヴィタリスは言いました。

あるところに垣根と木戸がありました。この木戸のそばには、野菜畑でよく見るような、まっすぐ高く積まれたわらの堆肥の山がありました。風がその山を吹き抜け、わらのいちばん上の層は乾いて飛ばされ、道や、垣根の下に厚く散らばっていました。

「ここにすわろう」とヴィタリスは言いました。

「前に、もしすわり込んだら、寒さにやられて、立ち上がれなくなると言ったじゃないですか」

答えずに、ヴィタリスはわらを木戸のところに集めるように合図をし、そのわらのベッドの上にすわるというより、倒れ込みました。歯はカチカチと鳴り、全身がふるえていました。

「もっとわらを持ってくるんだ」とヴィタリスは言いました。

わらは風よけにはなりましたが、寒さよけにはなりませんでした。ぼくはありったけのわらを積み上げると、ヴィタリスのそばにすわりました。

「わしによりかかって、カピをひざにのせなさい。それで少しはあたたかくなるだろうから」

ヴィタリスは経験豊富だったので、ぼくたちが今いる状況では寒さで死んでしまうこともありうると、よくわかっていました。それでもこの危険をおかしたのは、疲れ切っていたからでした。

ぼくがわらを体の上にかき集めてとなりに横になったとき、ヴィタリスがぼくに顔を寄せて、キスをしたのを感じました。二度目の、そして最後のキスでした。

ヴィタリスのそばにうずくまるやいなや、ぼくはぼうっとして、まぶたがくっついてしまいました。目を必死に開けていようとしてもできず、腕をつねってみましたが、なにも感じませんでした。ヴィタリスは木戸にもたれかかって、苦しげに、短く、せわしげにあえいでいました。カピはもう眠っていました。ぼくたちの頭の上を風が吹きすさび、枯れ葉が木から落ちるように、わらくずがぼくらの上に吹きつけました。通りには、ぼくたちの近くにも、ずっと遠いところにも人っ子ひとりおらず、ぼくたちのまわりを死の静けさが支配していました。

ぼくの目はまた閉じられ、心がしびれて、意識が遠くなるのを感じました。

不思議な目をした少女

目をさますと、ぼくはベッドの中にいました。大きく燃える炎が、寝ている部屋を明るく照らしていました。ぼくはあたりを見わたしました。部屋に見覚えはありません。それにぼくを取り囲んでいる人の顔にも見覚えがありません。灰色の上着と黄色い木靴を身につけた男の人と、三、四人の子ども、その中のひとり、五、六歳の小さな女の子はおどろいて、ぼくのことをじっと見つめていました。不思議な雰囲気の目で、なにかを話しかけているようでもありました。

ぼくは起き上がりました。その人たちはさっとぼくのほうに寄ってきました。

「ヴィタリスは？」とぼくはたずねました。

「お父さんのことが知りたいのね」といちばん年かさらしい少女が言いました。

「あの人はぼくの父ではなく、親方なんです。どこにいますか？　カピはどこ？」

ヴィタリスが父親なら、彼について話すとき、この人たちももっと気をつかったでしょう。でも、親方だとわかると、ぼくにあっさり事実を教えてもいいと判断したらしく、次のようないきさつを話してくれました。

ぼくたちがもたれかかっていた木戸は、ある花作り農家の家の木戸だったのです。夜明け前の二時ごろ、花作りは市場に行こうと木戸を開けて、ぼくたちがわらの中で寝ているのを見つけました。馬車を出したいから起きるように言っても、ふたりとも動かず、カピだけがぼくたちを守ろうとほえるので、彼らはぼくたちの腕をとって、ゆさぶりました。でも、まったく動きません。これはなにか大変なことが起きていると思って、ランタンを持ってきて調べたところ、ヴィタリスは死んでいました。凍死でした。ぼくも死にかけていましたが、カピを胸にだいていたおかげで心臓をあたためてくれていたのでしょう、なんとかもちこたえて息がありました。そこで彼らは家の中にぼくを運び込んで、ベッドにぼくを寝かせてくれたのです。ぼくは六時間もの間、死んだようになっていて、ようやく血のめぐりがもとに戻って、呼吸も力強さを取り戻し、目ざめたのでした。

体も頭も、しびれて、感覚がなくなっていたけれど、ぼくはこの人たちの話がわかるくらいにはなっていました。ヴィタリスは死んだのです!

この話をぼくにしてくれた、灰色の上着を着ている男の人は花作りでした。話している間じゅう、あのおどろいた目をした小さな女の子は、ぼくから目をはなそうとしませんでした。父親がヴィタリスが死んだと言ったとき、この知らせがぼくに与えたショックを直感的に感じたのでしょう、すみっこからさっと出てきて、父親のもとに行き、手を腕に置き、もう片方の手でぼくを指しました。そして言葉ではなく、やさしく、同情あふれるため息のようなものを発しました。

「そうだよ、リーズや」とその子の父親は娘のほうに身をかがめながら言いました。「この話を聞くのはこの子にとってつらいことなのだ。でも、本当のことを言わなきゃならない。もしわたしたちが話さなければ、警察が話すだろうからね」

花作りは、街の警官に知らせたこと、ヴィタリスのなきがらが運ばれていったことを話してくれました。

「カピは？　ぼくの犬はどこ？」

「さあ、知らんなあ。いなくなっちまったようだ」

「担架についていったよ」と子どものひとりが言いました。

その後、再びベッドの中で目をさましたときには、体の節々が痛んで、熱があるほかは、それほど具合が悪いと感じませんでした。が、立ち上がると、転んでしまいそうで、椅子につかまって体を支えるのがやっとでした。それでも少し休んでから、扉を開けて、花作りと子どもたちのところに行きました。一家は背の高い暖炉のそばのテーブルにすわって、キャベツのスープを食べているところでした。スープのにおいをかぐと、前の日に夕はんを食べていなかったことを思い出しました。ぼくは気が遠くなって、足がふらふらしました。

「具合が悪いんだな、ぼうや？」と花作りは思いやりのある声でききました。

ぼくは確かに気分はよくないと答えて、もしよかったら、火のそばにすわらせてほしいとたのみました。でも、ぼくが望んでいるのはあたたかさではなく、栄養でした。火はそれを与えてくれず、スープのにおいやスプーンと皿の音、食べているときの舌つづみの音を聞くと、どんどんつらさが増していきました。思い切って、スープを一皿くださいと言えたら！

父親にリーズと呼ばれていた、あの不思議な目をした小さな女の子がぼくの前にすわっていました。彼女は食べるのをやめて、目をそらさずにぼくを見つめていました。突然、テーブルから立ち上がると、スープでいっぱいの自分の皿をとって、ぼくのところに持ってきて、ひざのところに置きました。弱っていて、話そうにも声が出なかったので、ぼくは手ぶりでお礼をしました。けれど花作りはお礼を言うひまも与えませんでした。

「おあがり、ぼうや。よかったらおかわりもあるよ」

皿のスープはあっという間におなかの中に消えました。ぼくがスプーンを置くと、リーズはぼくの前に来て、じっと見て、小さなさけび声をあげました。でも今回のさけびは、ため息ではなく、満足したような声でした。それからぼくの皿を下げ、おかわりをよそってもらおうと父親のところに持っていきました。そしてやさしくほほえみながら、いっぱいになった皿をまたぼくのところへ持ってきたのです。

一度目と同じく、スープはあっという間になくなりました。ぼくを見ていた子どもたちのくちびるにもほほえみが浮かびました。それから本当の笑いが起きました。

「ぼうや、いい食べっぷりだな」と花作りは言いました。

ぼくは髪の毛の中まで真っ赤になりました。でも、食いしん坊だとかんちがいされるより、本当のことを打ち明けてしまうほうがいいと思ったので、前の日に晩ごはんを食べていなかったのだと言いました。

スープがぼくに力を与えてくれたので、ぼくは出発しようと立ち上がりました。

「どこへ行くんだ？」と花作りがたずねました。

「ヴィタリスのところへ戻ります。もう一度会いたいから」

「でも、どこにいるかわからんだろう？　それにパリに知り合いはいるの？」

「いいえ」

「これからどうするつもりなの？」

「ハープを弾いて、歌を歌って、かせいで暮らします」

「ふるさとに帰ったほうがいいんじゃないか、両親の家へ。両親はどこに住んでいるんだね？」

「親はいないんです」

「白いひげのじいさんは、父親ではないんだね？」

「ぼくには父はいません。でも、ヴィタリスはぼくにとって父同様の人でした」

話しながら、ぼくは扉のほうへ向かいました。けれども、何歩か歩いたところで、リーズがついてきて、ぼくの手をとり、ほほえみながらハープを指したのです。この動作は意味をとり違えようがありません。

「弾いてほしいの？」

リーズはこくんとうなずき、楽しそうに手をたたきました。

「じゃあ、リーズのためになにか弾いておくれ」と花作りも言いました。

ぼくはダンスをする気分でもはしゃぐ気分でもなかったけれども、ハープをとって、ワルツを弾き始めました。ぼくが得意にしていて、指が覚えている曲でした。ああ、ヴィタリスみたいにうまく弾けたら、まなざしでぼくの心をゆさぶる、この女の子を楽しませてあげることができるのに！

初めのうち、リーズはぼくをじっと見ながら聞き入っていましたが、やがて足で拍子をとり、そして音楽のうずに巻き込まれたかのように台所でクルクルと回り始めました。

次にぼくはヴィタリスが教えてくれたナポリ民謡を歌いました。

終わると、ぼくはハープを肩にかけて、扉のほうに向かいました。

「もしよかったら、ここで暮らさないか？」と花作りは言いました。「わたしたちといっしょに働いて、生活するんだ。仕事はなかなか骨が折れる。でも、食いっぱぐれることはないし、昨日の晩みたいに、星空の下で眠って、道ばたや溝で死にそうになる、なんて目にはあわなくてすむ。そしてもし、おまえがいい子なら――わたしはいい子に違いないと思っているのだが――おまえを家族として迎えようと思う」

この申し出にびっくりして、ぼくはしばらくまごまごしていました。

「さあ、どうするかね、ぼうや？」と花作りは言いました。

家族ですって！　ぼくは家族を持てるのです！　ああ、これまで胸にいだいていたこの夢は、何度消え去ってしまったことか！　バルブラン母さん、ミリガン夫人、ヴィタリス、みんな次から次へといなくなってしまったのですから。でも、ぼくはもうひとりぼっちじゃない。ぼくにとってすべてが終わったわけじゃない、人生がまた動き始めたのです。

毎日のパンを保証すると言われたことはぼくの心を動かしましたが、それよりもっとうれしかったのは、この仲のよさそうな家庭での、家族としての暮らしが約束されたことでした。この男の子たちがぼくの兄弟になるんだ。このかわいい小さなリーズが妹になるんだ。ぼくはお父さんとお母さんに再会することを何度も子どもらしく夢に見ていましたが、兄弟や姉妹ができるなんてことは思ってもみませんでした。それが今、兄弟姉妹ができるのです。

ぼくは急いでハープをかけていたひもを肩からはずしました。

「それが答えだな」と花作りは笑いながら言いました。「いい返事だ。その動作を見ていれば、おまえが喜んでいるのがわかるよ」

その家は、パリのはずれのグラシエール地区にあって、一家の名前はアキャンといいました。五人家族で、父親はピエール父さんと呼ばれ、アレクシとバンジャマンというふたりの男の子と、いちばん上のエチエネットと末っ子のリーズというふたりの女の子がいました。

リーズは口がきけませんでした。でも生まれつき口がきけなかったのではありません。二年の間、彼女は普通に話をしていました。が、四歳になる少し前のこと、突然、話すことができなくなってしまったのです。ひきつけを起こしたあとにこの異変が起きたのですが、幸いにも脳には影響がなく、それどころか並はずれて頭のいい子に育ちました。リーズはいろいろなことを理解するのはもちろん、すべてを語り、すべてを表現できたのです。

と、庭につながる扉を引っかく音、それからあわれっぽいほえ声が聞こえました。

「カピだ！」。ぼくは急いで飛び出していきました。

リーズは扉にかけ寄って、開けました。カピが猛然とかけてきて、ぼくに飛びつきました。ぼくがだきしめると、うれしそうにクンクンいいながら、顔をなめました。

「カピは？」とぼくはアキャンさんにききました。

「カピもおまえといっしょに暮らすんだよ」

その意味がわかると、カピはとびはね、右の前脚を胸に当ててあいさつをしました。このあいさつを見て、子どもたち、とりわけリーズは大笑いしました。彼らを喜ばせたかったので、ぼくはカピに芸をさせようとしました。でも言うことをきこうとせず、ぼくのひざの上に飛び乗って、顔をなめ回しました。そしてひざからおりると、ぼくの上着のそでを引っぱり始めたのです。

「おまえを親方のところへ連れていこうとしてるんだ」

アキャンさんは、警察署に連れていってくれました。ヴィタリスについて知っていることはごくわずかだったので、ぼくはそれを話しました。けれども警察はもっと多くを知りたがって、長々と質問してきました。でも、ぼくはヴィタリスのことをほとんど知りませんでした。

ひとつだけ、ぼくが話してもいいかなと思う、謎めいたできごとがありました。それはぼくたちの最後の興行で、ヴィタリスがあの毛皮を着た淑女を感嘆させ、おどろかせるほど見事に歌ったことです。それにガロフォリがヴィタリスをおどしたことも不思議でした。

「ガロフォリのところに連れていけばいい」と署長は警官に言いました。

ガロフォリの家に着いて、ヴィタリスが死んだことを告げると、

「ああ、気の毒に、じいさんは死にましたか」と言いました。

「あんたはヴィタリスを知ってたのか？」

「知ってますとも。あいつの名前はヴィタリスじゃない。やつはカルロ・バルザーニというんだ。カルロ・バルザーニといえば、三十五年前か四十年前、イタリアでいちばん有名な歌手で、大舞台で成功をおさめた。しかしあるとき、声が出なくなった。あいつは名前を捨てて、ヴィタリスになって、自分のいい時代を知っている人たちから身をかくしたんだ。そして転落に転落を重ねて、犬使いにまで落ちぶれた。でも、みじめな生活をしていても、誇りは残っていて、もし栄光に包まれたカルロ・バルザーニが貧しいヴィタリスになったと世間に知られるくらいなら、死んでしまっただろう。おれはこの秘密を偶然に知ったのだ」

気の毒なカルロ・バルザーニ、なつかしく、すばらしいヴィタリス！　彼が王さまであったと聞いても、ぼくはまったくおどろかなかったでしょう。

花作りの暮らし

翌日はヴィタリスの葬式で、アキャン父さんはぼくを葬式に連れていってくれると約束していました。が、情けないことに、ぼくは夜に高熱を出して、起き上がることすらできませんでした。

ぼくは、親方が亡くなった夜に寒さにやられて、肺炎にかかっていたのです。

でも、この肺炎のおかげで、アキャン一家のやさしさ、とりわけエチエネットの献身のありがたみがしみじみと感じられました。エチエネットはいつもの仕事に加えて、病人の世話も引き受け、ぼくをやさしく看病してくれたのです。ぼくの病気は長く、苦しく、何度もぶり返したので、実の親でも気持ちが折れてしまいそうなものなのに、エチエネットはしんぼう強く献身的に看病し続けました。いく夜も徹夜の看病が続きました。ぼくの肺はいつなんどき息がつまってもおかしくないほどやられてしまっていたのです。アレクシとバンジャマンは交代でぼくの枕もとにつきそってくれました。ようやく回復に向かったものの、病気はしつこく、気まぐれで、外出できるようになるには、グラシエールの野原が緑に染まり始める春を待たなければなりませんでした。

やがて体力が戻ってきて、ぼくは畑仕事ができるまで回復しました。ぼくはこのときが待ちきれませんでした。みんながぼくのためにしてくれたことにお返ししたい、彼らのために働いて、自分ができる限り役に立ちたいという気持ちでいっぱいだったからです。

ウォールフラワー（ストックに似た花）がパリの市場に出始める季節でした。この時期、アキャン父さんはウォールフラワーを育てていて、ぼくらの庭は花であふれていました。花は赤、白、紫と色別に並んでいて、まっ白な列のとなりはまっ赤というようにフレームで仕切られていて、それはきれいなものでした。そして夜、フレームにガラスのパネルでふたをする前には、あたりに花のかぐわしい香りがただようのです。

まだ体が弱っているからと、ぼくに与えられた仕事は、朝、霜が消えたらガラスのパネルを上げ、夜、霜がおりる前に閉めることでした。さらに昼間は、植物を太陽から守るため、わらで日よけをしなければなりません。仕事はむずかしくも、大変でもありませんでしたが、時間がかかりました。何百というパネルを一日に二回、動かして、日ざしの強さによってわらで陰を作ったり、おおいをなくしたりするよう、見守っていなければならないのですから。

ぼくはずっとフレーム係をしていたわけではありません。体力がついてくると、畑に種をまいて満足感を覚え、またその種が育つのを見たときには、さらに大きな満足感を味わいました。これはぼくの仕事で、ぼくの財産で、ぼくが作ったものなのです。

この新しい生活はかなり疲れるものでしたが、ぼくはすぐに働くことに慣れました。それはぼくが送ってきた放浪の暮らしとは似ても似つかぬものでした。自由に旅をして、自分の前にある広い道をひたすら進む以外の苦労がないそれまでとは違い、今は四方を塀に囲まれた庭に閉じ込められて、朝から晩までさんざん働いて、シャツは汗で背中にはりつき、手にはじょうろを下げ、はだしの足は泥だらけでした。でもぼく以外の家族もみなせっせと働いていました。父さんのじょうろはぼくのものよりもっと重かったし、シャツはぼくたちよりずっと汗まみれで、体にはりついていました。とはいえ、ぼくはここで永遠に失ったと思ったもの、家族との生活にめぐり合ったのです。ぼくはもうひとりぼっちではないし、捨てられた子どもでもありません。ぼくには自分のベッドがあるし、みんなが集まるテーブルに自分の席があります。昼間、ときどきアレクシとバンジャマンがなぐりかかってくることもありましたが、手がおろされたあとには、ぼくはもうなんとも思わなかったし、ぼくがなぐったあとにも、ふたりはなんとも思いませんでした。そして夜にスープを囲んだときには、もう友だち、そして兄弟に戻っていたのです。

それに実のところ、働いて、疲れるだけの生活ではありませんでした。休んだり、遊んだりする時間もあって、もちろんその時間は短かったけれど、だからこそよりいっそう楽しいものでした。

日曜日の午後には、みんなで家にある小さなブドウ棚の下に集まって、ぼくは週の間ずっとくぎにかけっぱなしになっていたハープを奏で、ふたりの兄弟とふたりの姉妹はダンスをするのでした。みんなはぼくに歌を歌わせ、ナポリ民謡はいつもリーズを感動させせました。

こうして二年の月日がたちました。父さんはぼくをよくフルール河岸やマドレーヌ広場やシャトードーの市場や、花をおさめている花屋に連れていき、ぼくは少しずつパリの街がわかるようになりました。よく知るようになると、パリはぼくが想像していたような大理石と黄金の街ではなく、でも、初めてパリに着いたときに早合点したような、泥だらけの街でもありませんでした。

ぼくはいくつも歴史的な建造物をたずねたし、入って見学もしてみました。長い河岸、大通り、リュクサンブール公園、テュイルリー公園、シャンゼリゼ大通りを散歩しました。いろんな銅像も見たし、大勢の人が集まっているさまを感心してながめたりもしました。こうしていろいろなところを見ていると、首都の生活というものがわかった気がしました。

アキャン父さんに家族にしてもらい、子どもたちに兄弟のように扱われ、ぼくはずっとここグラシエールにいるのだと思っていました。しかしある重大な事件が、再びぼくの運命を変えてしまうことになるのです。

はなればなれに

ウォールフラワーの季節が終わると、アキャン父さんは七月と八月の大きな祝日を目指して花を仕込んでいました。その時点では、ぼくらの今季の花のつき具合は上々でした。

「いいシーズンになりそうだ」と彼は息子たちに言っていました。そして笑いながら、花を全部売ったら、いったいいくらになるかと計算していました。

ぼくたちはそのときまで、日曜日でさえ一時間の休みもなく、せっせと働いていました。でも、すべてがうまくいっていたので、ごほうびに八月五日に父さんの花作りの仲間の家にみなで行き、晩ごはんをごちそうになることに決めました。

およばれ先で、時は気づかないうちに、あっという間に過ぎました。ぼくが覚えているのは、だれかが、西の空が黒い雲でおおわれていると言ったことです。テーブルは屋外の大きなニワトコの木の下にすえられていたので、天気が変わるとすぐにわかりました。

「子どもたち、急いでグラシエールに帰らなければ」

「もう？」

「風が出たら、パネルがひっくり返されてしまうかもしれない。帰ろう」と父さんは言いました。

それ以上反対する子はいませんでした。みな、ガラスのパネルは花作り農家の大事な財産で、もし風でこわれたら、父さんは破産だとわかっていたのです。

「わたしは先に行く」と父さんは言いました。「バンジャマン、わたしといっしょに来てくれ。アレクシ、おまえもだ。わたしたちは急いで帰る。レミ、あとからエチエネットとリーズといっしょに来てくれ」

それ以上、なにも言わずに、彼らはすぐに出発しました。エチエネットとぼくはリーズに合わせて、少し遅い歩調であとを追いました。

空はどんどん暗くなり、嵐がみるみる近づいてきました。風が吹いて、もうもうとほこりがたって、強いつむじ風が巻き起こりました。

嵐の前に帰り着けるでしょうか？　父さんたちは間に合うでしょうか？　彼らにはフレームがこわれないようにするという使命がありました。風がフレームの下から吹き上がり、ひっくり返してメチャクチャにしてしまわないよう、しっかりととめつけなければならないのです。

雷の大きな音が何度もして、雲がものすごく厚くなり、まるで夜のような暗さでした。突然、ひょうが降り出しました。ひょうの粒は、まずパラパラとぼくたちの顔に当たり、そしてすぐ、なだれのように降り注ぎました。ぼくたちは大きな木戸の下に身をかくしました。すさまじい勢いでひょうが降るのが見えました。すぐに道は真冬のようにまっ白になりました。ひょうの粒はハトの卵くらいの大きさで、ときおりガラスがくだけたときに、耳がキーンとするような音をたてました。

「ああ、パネルが！」とエチエネットはさけびました。「もし、うちの庭にもここみたいに降ってたら、父さんは破産してしまう！」

ガラスのパネルは百枚で千五百フランから千八百フランするといいます。もし、ひょうが五百枚か六百枚のパネルをこわしたとしたら……温室や花の被害を別にしたとしても、どんなに大きな損害なのか、ぼくにもすぐわかりました。

このひどい嵐は長くは続かず、たぶん五分か六分くらいで、始まったときと同じくらいパタッと終わりました。

ぼくたちは急ぎました。家の門は開けっぱなしで、ぼくたちはさっと庭に入りました。

なんというひどい光景でしょう！　なにもかもがこわれて、ずたずたでした。パネル、花、ガラスのかけら、ひょう、すべてが混じって、ぐちゃぐちゃになっていました。朝にはあんなに美しく、豊かだった庭には、なんとも言いようのない残がいしか残っていません。

ぼくたちは父さんを探して大きな温室に行きました。温室には無傷のガラスが一枚もないありさまで、父さんは地面をおおった破片のまんなかの、はしごの上にすわり込んで、というよりも倒れ込んでいました。アレクシとバンジャマンはそばでじっとしていました。

「ああ、かわいそうな子どもたち！」。足もとでくだけるガラスの音で気づいて、父さんは顔を上げ、さけびました。リーズをだき上げ、父さんは言葉もなく涙を流しました。

まもなくエチエネットと兄弟に話を聞いて、父さんがあんなに絶望したのは無理もないとわかりました。十年前、父さんはこの土地を買い、自分で家を建てました。また、花作りをするのに必要な道具を買うために、土地を買った人からお金を借り、十五年間、一年ごとに少しずつ返していくことになっていました。このときまで父さんはせっせと働き、節約をして、定期的にお金を返してきました。このお金はなんとしてでも払わなければならないものでした。というのも、もし一回でも返済が遅れれば、土地も家も道具も、もうすでに返したお金も持っていかれてしまうからです。貸した人は、十五年の間にはいつか、父さんがお金を払えなくなるときが来るだろうと踏んでいました。そしてひょうのせいで、とうとうその日が来てしまったのです。

これからいったいどうなるのでしょう？

花を売ったお金で支払いをするはずだった日の翌日、家に黒い服を着た紳士がやってきました。その人はあまり礼儀正しいとはいえず、ぼくたちに証書を見せました。証書には一行空欄になっているところがあって、紳士はそこになにかを書き込みました。

その人は、借金を取り立てる執行官でした。

父さんは家にはおらず、街をかけずり回っていました。どこに行っているのでしょう？　おそらく商売相手のところか、裁判所にでも行っていたのでしょう。

ぼくはこわくなりました。ヴィタリスも裁判所に連れていかれて、その結果がどうなったか、ぼくはよく知っていました。

ある夜、父さんはいつもよりもっと打ちのめされた様子で帰ってきました。

「子どもたち、もうおしまいだ」と父さんは言いました。

ぼくは出ていこうとしました。けれども父さんは押しとどめました。

「おまえも家族の一員じゃないのかね？」と父さんは言いました。「子どもたち、おまえたちと別れなければならない」

さけび声、痛々しい悲鳴があがりました。リーズは父さんの腕の中に飛び込み、泣きながらキスをしました。

「わたしは支払いをしろという命令を受けた。お金がないから、ここにあるものをすべて売り払って、それでも足りないから、五年間、牢屋に入らなければならない」

みんなは泣き出しました。

「もちろん、悲しいことだ」と父さんは言いました。「でも法律にそむくことはできない。これは法律なのだ。五年間！　その間、おまえたちはどうなるのだろう？　それが恐ろしい」

みな、だまってしまいました。

「レミ、ニエーヴル県のドルジーに住んでいる、わたしの姉のカトリーヌ・シュリオに手紙を書くんだ。手紙で状況を説明して、来てくれるようたのんでくれ。カトリーヌはいつだって冷静だし、世間をよく知っているから、いい方法を考えられるだろう」

けれどもカトリーヌおばさんは思っていたほど早く来てくれず、借金が払えない人を逮捕する管理官たちのほうが先に来てしまいました。

父さんは逃げようとせず、弱々しい声で管理官たちに子どもたちにキスさせてほしいとたのみました。ぼくは庭に兄弟を探しにいき、戻ってくると、父さんはすすり泣くリーズをだきしめていました。父さんはエチエネット、アレクシ、バンジャマンにキスをしました。ぼくはすみっこにいて、目には涙があふれていました。父さんがぼくを呼びました。

「そしてレミ、おまえもこっちへ来て、キスしておくれ。おまえもわたしの息子だろ」

ぼくたちは動揺していました。

「みんなそこを動かないで」と父さんはきびしい口調で言いました。「わたしの命令だ」

それからリーズの手をエチエネットに預けると、さっと出ていきました。

ぼくたちは台所でぼう然としていました。みんな泣いていて、だれもなにも言いませんでした。

父さんが逮捕されてから一時間ほどたって、カトリーヌおばさんがやってきました。おばさんは人の先に立って動くことができる、意志の強い人でした。パリで十年もの間、五つの家庭で乳母をしていた経験があって、世間のきびしさを知っていましたし、彼女自身も言うように、それをきちんと切り抜けてきたのでした。

彼女が乳母をしていたひとりの子の父親は、公的な手続きを扱う公証人でした。彼女はこの公証人のところに相談にいって、意見をきいて、ぼくたちの身のふり方を決めました。次に牢屋の父さんとも話し合い、おばさんが到着して一週間後には、決まったことを話しました。

みんな一人前に働くには年がいかないので、別々に、引き取ってもいいというおじさんやおばさんのところに預けられることになったのです。

リーズはドルジーのカトリーヌおばさんの家へ。アレクシはヴァルスで炭坑夫をしているおじさんのところへ。バンジャマンはサン・カンタンで花作りをしている別のおじさんのところへ。エチエネットは、海の近くのエスナンドへ嫁いだおばさんのところへ。

ぼくは自分の番が来るのを待っていました。けれどもカトリーヌおばさんは話を終わりにしてしまいました。ぼくは前に出て、

「で、ぼくは？」とききました。

「あんた？　あんたは家族じゃないもの」

「ぼくはあなたがたのために働きます。アレクシやバンジャマンにきいてみてください。ぼくがどんなにけん命に働くか」

「そうです、そうです、レミは家族の一員なんです」とみんなは言ってくれました。リーズは前に出てきて、おばさんの前で両手を組み合わせるしぐさをして、どんな長い演説をするよりもっとわかりやすく気持ちをあらわしました。

「かわいそうなリーズ」とカトリーヌおばさんは言いました。「わかるよ、おまえはこの子といっしょに行きたいんだろ。でも、人生は思うようになることばかりじゃないんだよ。おまえはあたしのめいっこだ。うちに来て、もしだんながひどいことを言ったり、食事をさせようとしていい顔を

しなかったら、『この子は身内なんだから』と言って押し通してしまうつもりだよ。サン・カンタンのおじさんにしても、ヴァルスのおじさんにしても、エスナンドのおばさんにしても、同じことさ。親戚だから引き取るんであって、赤の他人を迎え入れるもんかね。みんな自分の家族が食べるだけでいっぱいいっぱいなんだよ。他人の分はないんだよ」

カトリーヌおばさんは決めたことを実行するのに、ぐずぐずしている人ではありませんでした。明日には出発すると告げて、みんなをベッドへ追いやりました。

部屋にぼくたちだけになるやいなや、みんなはぼくを取り囲み、リーズはぼくにとりすがって泣き出しました。おたがいに別れるつらさよりも、みんなぼくのことを考えて、ぼくのことを気の毒がっているということがわかり、みんなはぼくのことを兄弟だと思ってくれているんだと感じました。混乱した頭の中にひとつの考えが浮かびました。

「みんな、聞いて」とぼくは言いました。「親戚の人たちがぼくを引き取らないと言っても、みんなはぼくのことを家族だと思ってくれてるよね」

「うん、おまえはいつだって兄弟だよ」

「ぼくはまた羊の革のベストを着て、ハープを持って、サン・カンタンからヴァルスへ、ヴァルスからエスナンドへ、エスナンドからドルジーへ、みんなのところをひとりひとりたずねていく。こんなふうにすれば、ぼくを通して、みんなはいつもつながっていられるよ。ぼくは歌やダンスの曲を忘れちゃいないから、生活していけるしね」

みんなの顔が喜びで輝きました。ぼくの思いつきがみんなの思いをかなえるものだとわかって、悲しさの中にもうれしさがこみ上げてきました。

翌朝、みんなは八時には出発することになっていました。カトリーヌおばさんは大きな馬車をたのんでいて、まず牢屋に行って父さんにさよならを言ってから、めいめい荷物を持って、汽車で旅立つのです。

別れの時が来ました。カトリーヌおばさんは、あいさつをさっさと切り上げて、エチエネット、アレクシ、バンジャマンを馬車に乗り込ませ、リーズをおばさんのひざの上にのせるよう言いました。ぼくが立ちすくんでいると、おばさんはぼくをそっと押しのけ、馬車の戸を閉めました。

「ぼくの分も父さんにキスをしてね！」とぼくはさけびました。「だって……」

すすり泣きで、声が出なくなりました。

「出発よ」とおばさんは言いました。

馬車は動き始めました。リーズが窓から身をのり出し、投げキスを送っているのが見えました。

馬車は通りの角ですぐに曲がり、もうもうとした土ぼこりしか見えなくなりました。

ハープによりかかって、カピを足もとに従え、ずいぶん長い間、ぼくは道路にふわふわと舞い落ちるほこりをぼうっと見ていました。

ぼくはハープの革ひもを肩にかけました。以前に何回もやっていたこの動作が、カピの注意を引きつけました。カピは立ち上がり、キラキラと輝く瞳でぼくの顔を見つめました。

「行こう、カピ！」

カピはよくわかって、ほえながら、ぼくの前でとびはねました。

ぼくは二年を過ごし、ずっと暮らすことになるだろうと思っていた家から目をはなして、前を見すえました。

結局、この二年間はぼくにとって休息でしかありませんでした。ぼくはまた自分の道を歩かなければならないのです。けれどもこの休息は意味のあるものでした。ぼくは力を得ました。そして手足に力を得る以上にすばらしいことに、心に愛情というものを感じることができたのです。

ぼくはこの世にひとりぼっちではありません。ぼくは人生に目標を持ちました。それは愛し、愛される人の役に立って、その人たちを喜ばせることなのです。

新しい道がぼくの前には開けています。ヴィタリスを思い出しながら、ぼくは自分に語りかけました。前へ進め、と。

前へ進め！

前へ進め！　世界はぼくの前に開けていて、ぼくは北でも南でも、西でも東でも、自分の思うままに歩みを進めることができます。ぼくはまだ子どもだけど、自分の主人でもあるのです！

自分の前に開けている道に踏み出す前に、ぼくはこの二年間、父親として慕っていた人に会いにいきたいと思いました。牢屋の場所を見つけ、何度もしつこくおとずれ、やっとのことでアキャン父さんに会えることになりました。

「待ってたよ、レミ」と父さんは言いました。「ほかの子どもたちといっしょにおまえを連れてこなかったから、わたしはカトリーヌをしかりつけてやったんだ」

朝から悲しく、しょんぼりしていたのに、その言葉でぼくは元気になりました。

「カトリーヌさんは、ぼくを引きとりたくなかったんです」

「無理だったんだよ。世の中は思うようにはいかないものだ。子どもたちから、おまえは歌い手の仕事に戻りたがっていると聞いたが、寒さと飢えで死にかけたことを忘れたのかね？」

「いいえ、忘れてません」

「おまえはひとりじゃなかったし、導いてくれる親方がいただろ。これは大変なことだよ。おまえはこの年で、たったひとりで旅に出ようとしているんだから。とにかく、悪いことは言わないから、だれかにやとってもらいなさい。おまえはもう立派な職人で、きちんと働くほうが旅芸人よりずっといい。旅芸人なんて、なまけものの仕事だ」

「ぼくはなまけものじゃありませんよ。それは父さんもよくご存じじゃありませんか。父さんの家でならぼくは力いっぱい働いたし、ずっと父さんのところにいたかった。でも、ほかの人のもとで働く気にはなれないんです」

この最後の言葉を言うときには、きっといつもと違う口調だったのでしょう、父さんは答えずに、ぼくをじっと見ていました。

「旅先から子どもたちのニュースを持ってきてもらいたくはないんですか？」

「子どもたちはそのことも話してくれたよ。わたしがおまえに旅芸人に戻るのをやめろとすすめるのは、自分のことを考えずに言ってるのだ。人のことより先に自分のことを考えるなんてしてはならないんだ」

「ほら、父さんはぼくが進むべき道を示してくれているじゃありませんか。もし飢えたりする危険を恐れて、兄弟との約束を守らなかったら、ぼくは自分のことだけしか考えてない、みんなのこと、リーズのことを考えていないことになってしまう」

父さんは再び、もっと長くぼくを見つめました。そして突然ぼくの手をとりました。

「そこまで言ってくれるなんて……。さあ、キスさせておくれ。おまえには真心がある。真心に年齢は関係ないというのは本当だな」

外へ出ると、ぼくはもう一度牢屋のほうを見て、父さんへ最後の別れを告げました。父さんは塀の向こう側に閉じ込められているけれど、ぼくは自由に行きたいところに行けるのです。


そうしてカピとぼくは出発しました。

サン・メダール教会まで来たとき、教会の壁によりかかっている子どもがいて、ガロフォリのところで会ったマチアに似ているような気がしました。同じような大きな頭、ぬれた瞳、もの言いたげなくちびる、おだやかであきらめきったような雰囲気……。ぼくはもっとよく見ようと近づきました。疑う余地はありません。マチアでした。マチアもぼくに気づきました。マチアの青白い顔はほほえみで輝きました。

「きみなんだな」と彼は言いました。「白いひげのじいさんといっしょにガロフォリのところに来た？」

「ガロフォリはまだきみの元締めなの？」

「ガロフォリは牢屋にいるよ。オルランドをひどくなぐって死なせたんで、逮捕されたんだ」

「で、子どもたちは？」

「ああ、おれ、よく知らないんだ。ガロフォリがつかまったとき、おれはそこにいなかったからね。ガロフォリは、おれはなぐると病気になって、使い物にならなくなるとわかって、やっかい払いしたがった。やつは二年間の先払いでガソ・サーカスにおれを貸したんだ。おれはこの前の月曜日まではそこにいたんだけど、役に立たなくて追い出された。で、サーカスがあったジゾーからガロフォリのところへ戻ってきたんだ。でも、だれもいなかった。家は閉まっていて、となりの人が今きみに言ったような話を聞かせてくれた」

「どうしてジゾーへ戻らなかったの？」

「パリへ行こうとジゾーを出た日に、サーカスはルーアンに向かって出発しちゃったんだ。どうやってルーアンに行けと？　遠すぎるし、おれには金もない。昨日の昼からなにも食べてないんだ」

ぼくは金持ちではなかったけれど、この気の毒な子を飢え死にさせないくらいのお金は持っていました。ぼくは角にあるパン屋に走っていって、パンを買って戻り、マチアに渡しました。マチアはパンに飛びついて、むさぼるように食べました。

「これからきみはどうするの？」とぼく。

「わからないよ。おれは自分のバイオリンを売ろうとしてたんだ。もしこいつと別れるのがつらくなければ、もうとっくに売っていただろうな。バイオリンはおれの喜びであり、なぐさめなんだ」

「なぜ街でバイオリンを弾いてかせがないの？」

「弾いたよ。でも、だれもお金をくれなかった。で、きみは？」とマチアはききました。「今、なにをしてるの？」

ぼくは子どもっぽい見栄を張って言いました。

「ぼくは一座の座長なんだよ」

「ああ、もしよかったら、ぼくもきみの一座に入れてくれないかな」

とマチアは言いました。

ぼくは正直さを取り戻しました。

「でも、ぼくの一座ってこれだけなんだよ」とぼくはカピを指しながら言いました。

「いいじゃないか。ふたりでやろうよ。お願いだ、見捨てないでく

れ」マチアは続けました。「おれは働ける。バイオリンだけじゃなくコルネット（トランペットに似た楽器）も吹ける。おれはきみの言うとおりにする。きみの召し使いになって、きみの命令をきく。金をくれなんて言わないから、食べ物だけくれればいい」

気の毒なマチアがこう言うのを聞いて、ぼくは泣きそうになりました。一座に入れてやらないなんて、どうして言えるでしょうか？ でも、ぼくといっしょにいても、ひとりでいるときと同じように飢え死にする危険はあるのでは？

ぼくはそうマチアに言いました。けれども、聞き入れません。

「いいや、ふたりでいれば飢え死にしないよ。ぼくたちは支え合って、助け合って、持たない者は持つ者に与える。さっききみがおれにしてくれたようにね」

この言葉がぼくのためらいを吹き飛ばしました。ぼくは持つ者なのだからマチアを助けなければ。

「よし、いっしょにやろう！」とぼくは言いました。

マチアはさっとぼくの手をとり、キスをしました。そのしぐさがぼくの心をやさしくゆさぶり、ぼくの目には涙があふれました。

「いっしょに来て」とぼくは言いました。「でも、召し使いとしてじゃなくて、仲間としてだよ」

らなのでした。

十五分後にはぼくたちはもうパリを出ていました。

ぼくが初めに、北ではなく南に向かおうと決めたのは、バルブラン母さんに会いたいと思ったからなのでした。

「あなたのことを思って、いつだって心の底から愛しています」――バルブラン母さんに手紙を書いてそう伝えたいと、何度思ったことか。けれども、まず母さんは字が読めません。それになによりバルブランが恐ろしくて、ぼくは思いとどまったのです。もしバルブランが手紙をたどってぼくを見つけたら？　もしぼくを連れ戻したら？　もしヴィタリスではない新しい親方にぼくを売ったら……こう考えると、バルブラン母さんに恩知らずと非難されるほうが、バルブランに思いどおりにされる危険をおかすよりはましだと思われたのでした。

バルブラン母さんに手紙を書く勇気はないものの、いまやぼくは自由に行きたいところに行けるのだから、会いにいこうとしてみてもいいのではないでしょうか。

とはいえ、まずはこれからの行く先で、かせげそうな町や村が見つかるかどうか、探さなければなりません。そのためには地図を調べるのがいちばんでした。

ぼくたちは腰をおろし、かばんから地図を取り出して、草の上に広げました。行き先を決めるのに、かなり長い時間がかかりましたが、ヴィタリスのやり方を思い出して、どうにか目的地を決めることができました。シャヴァノンへ行くこともできそうですし、うまくいけば、路上で飢え死にすることもなさそうでした。

「バイオリンの腕前を聞かせてくれないか」とぼくはマチアに言いました。

「よしきた！」

マチアはバイオリンを出して、弾き始めました。マチアはヴィタリスと同じくらいじょうずに弾くことができたのです。

「きみはだれにバイオリンを習ったの？」と拍手をしながら、ぼくはききました。

「習ってないよ。みんなからちょっとずつね。でもだいたい、自分ひとりで練習したんだ」

ぼくは自分もすばらしい歌手であるところをマチアに見せたいと思いました。そこでハープを手にとり、あっと言わせようと、おはこの歌を歌いました。芸術家の間のしきたりに従って、拍手のお返しにマチアはほめ言葉を口にしました。彼は才能豊かで、ぼくも才能を持っていました。ぼくたちはおたがいにふさわしい仲間どうしでした。

ほこりっぽい道を前へ進め！　そして最初の村に到着したら、興行をしなければ。「レミ一座のデビュー」です。

「きみが歌った歌を教えてくれよ」とマチアが言いました。「ふたりでいっしょに歌おうよ。ぼくはバイオリンで伴奏できると思うから、そうしたらすてきじゃない？」

たしかにそれはすてきです！


ヴィルジュイフの少し先にある村に着いて、一軒の農家の門の前を通りかかりました。中庭には大勢の着かざった人がいて、男たちはえんび服のボタン穴に、女たちはドレスの胸に、たくさんのリボンを結んだブーケをつけていました。結婚式に違いありません。この人たちは、ダンスを踊るのに音楽師がいたら喜ぶのでは、という考えがひらめきました。そこでぼくはマチアとカピを従えて中庭に入り、最初に通りかかった人にその申し出を伝えました。

「おーい」とその人はさけびました。「ちょっとばかり音楽をやるっていうのはどうだね？ 楽団が来てるんだよ」

「音楽だ！ 音楽だ！」

「カドリール（四人が二組で四角形を作って踊るダンス）の位置について！」

少したつと、踊り手のグループが中庭のまんなかにできました。

「カドリールは弾ける？」とぼくは心配になって、マチアにそっとイタリア語でききました。

マチアがバイオリンでちょっと弾いてみた曲は、たまたまぼくが知っていた曲だったので、ふたりはほっとしました。マチアとぼくは一度も合奏したことはありませんでしたが、なかなかうまくこなしました。途中、マチアのコルネットも加わり、ぼくたちは夜まで演奏し続け、踊っている人たちはぼくたちに一息いれるひまも与えませんでした。

「もしよろしければ、われわれの会計係がみなさまの間を回ります」

ぼくはカピに帽子を投げ、カピはさっと口で受け取りました。カピはお金を受け取ったときに優雅なおじぎをして、お客さんたちは大喝采しました。でもそれよりうれしかったのは、たくさんのお金がもらえたことです。カピについていくと、帽子に銀貨が降り注がれるのが見えました。

すごい財産だ！ でも、それだけでは終わりません。その人たちは、ぼくたちを台所に招いて食事をふるまい、納屋に泊めてくれたのです。翌朝、この親切な家を出るとき、ぼくたちは二十八フランもの大金を手にしていました。

「きみのおかげだよ、マチア」とぼくは言いました。「ぼくひとりだったらオーケストラは作れなかったもの」

次の町、コルベイユを出発したときは、なかなかいい調子でした。必要な買い物全部に支払いをしても、さいふにはまだ三十フランも残っていました。ここでの興行でお金がたくさん入ったのです。ぼくらのレパートリーは種類が増えて、同じ曲ばかりをくり返さずに、同じ町に何日もいられるようになりました。それにマチアとぼくはとても気が合って、まるで兄弟のようでした。

コルベイユを出たあと、ぼくたちはモンタルジに向かっていました。バルブラン母さんの家へもつながっている道です。

バルブラン母さんの家に着いたら、母さんにキスをします。これは恩返しのキスです。でもこれだけでは恩を返すには足りない気がします。母さんになにをあげればいいでしょう？　いまやぼくは金持ちなのだから、おくりものをしなければ。母さんにふさわしいおくりものって？

ぼくはすぐに思いつきました。ほかのすべてのものにも増して、母さんを喜ばせるもの、それは雌牛、かわいそうなルーセットのかわりになる雌牛です。

とりあえず今、重要なことは、雌牛の値段、ぼくがほしいと思うような雌牛の値段を知ることです。幸いにもそれはぼくにとってむずかしいことではありませんでした。旅をして回るぼくらのような生活をしていると、夜、宿屋で家畜の番人や家畜商といっしょになることがあります。その人たちに牛の値段をききさえすればいいのです。しかしぼくが最初にひとりの牛飼いにその質問をしたとき、その男は鼻で笑いました。さんざんからかったあと、その牛飼いは言いました。

「ちょうどあんたの注文に合うような雌牛がいるぜ。もしあんたがピストール金貨を十五枚、つまり五十エキュ（当時のフランスのお金の単位）をテーブルに出したら、雌牛はあんたのもんだ」

十五ピストールか五十エキュ、ということは百五十フランです。そんな大金を手にするにはほど遠いと言わざるをえません。とはいえ、それだけかせぐのは、無理な相談でしょうか？　できなくはないように思えました。もし今の幸運が続いてくれれば、一スーずつためて、百五十フランにすることもできそうです。ただ時間はかかります。そこで新しい考えがひらめきました。まっすぐシャヴァノンに行くかわりにまずアレクシのいるヴァルスへ行こう。そうすればお金をためる時間がかせげます。

朝になると、ぼくは自分の考えをマチアに話しました。マチアは反対しませんでした。

「ヴァルスへ行こう」とマチアは言いました。「炭坑っておもしろそうだ。見るのが楽しみだよ」

石炭の町へ

モンタルジとヴァルスの間はかなり距離がありました。ヴァルスはセヴェンヌ山脈の中、地中海へと続く山にある町でした。まっすぐに行くと五、六百キロでしたが、興行のことを考えると、あちこち寄り道をしなければならないので、ぼくらの歩いた距離は千キロを超えました。興行でたくさんかせぎたければ、町や大きな村を探して歩かなければならなかったのです。

この千キロを進むのに、三か月近くかかりました。けれどもヴァルスの近くに着いたとき、お金を数えてみると、時間がかかっただけのことはあると思いました。ぼくの革のさいふには百二十八フランもたまっていたのです。バルブラン母さんに雌牛を買うには、二十二フラン不足なだけです。

マチアもぼくと同じくらい満足していました。そしてこのお金をかせぐのに自分も貢献したと、とても得意になっていました。そのとおり、マチアの働きは大きいものでした。もしマチアがいなかったら、とりわけマチアのコルネットがなければ、カピとぼくだけでは百二十八フランなんてとうていかせげなかったでしょう。

ヴァルスの近くに着いたのは、午後の二時か三時ごろでした。ぼくはアレクシのおじさん、ガスパールが石炭を掘る炭坑夫で、ラ・トゥリュイエールの炭坑で働いていると知っていました。おじさんは炭坑からさんざん人にきいて、ようやくガスパールおじさんの住所がわかりました。おじさんは炭坑から少しはなれた、丘から川へと通じる、曲がりくねった、急な坂道ぞいの家に住んでいました。

たずねてみると、ひとりの女の人が扉によりかかって、近所の人とおしゃべりをしていました。

彼女は、おじさんは仕事が終わって、六時くらいにならないと帰ってこないと言いました。

「あの人になんの用なの？」と彼女はききました。

「アレクシに会いたいんです」

彼女はぼくを頭のてっぺんからつま先までじろじろとながめ、カピのことも見ました。

「あんたはレミだね？　アレクシはあんたの話をしていて、あんたのことを待ってたよ」

この人はアレクシのおばさんでした。ぼくは、おばさんが中に入って休めと言ってくれるものと思っていました。ぼくらの脚はほこりだらけで、顔は日焼けして、一目見ればすぐ、疲れているとわかったでしょうから。でも、おばさんは入れとは言わず、六時にまた来れば、炭坑から帰ってくるアレクシに会えるとくり返すばかりでした。すすめられないものを、こちらからたのむ気にはなりません。

こんなふうに迎えられたので、ぼくはガスパールおじさんの家に戻る気にはなれず、六時少し前に、炭坑の出口でアレクシを待つことにしました。

炭坑夫たちが出てくる炭坑の通路、坑道がどこかをきいて、ぼくはマチアとカピといっしょに出口に陣取りました。六時の鐘が鳴って少したつと、坑道の深い闇の中に小さな光がゆらめくのが見え、その光はどんどん大きくなっていきました。炭坑夫たちが仕事を終え、手にランプを持って、地上に上がってきているのです。

ずいぶん気をつけていたのに、ぼくにはアレクシが出てくるのが見えませんでした。もしアレクシがぼくの首に飛びついてこなければ、気がつかないまま終わってしまったでしょう。アレクシは別人のようでした。頭から足まで真っ黒で、かつての姿とはまったく違って見えました。

「レミだよ」とアレクシは、いっしょに歩いていた、四十歳くらいの男の人のほうを向いて言いました。その人はアキャン父さんに似た、善良そうで、率直な顔立ちをしていました。おどろくにはあたりません。その人とアキャン父さんは兄弟なのですから。

その人がガスパールおじさんだとわかりました。

「ずっとおまえを待ってたんだよ」。おじさんの口調は感じのいいものでした。

「パリからヴァルスまでは遠いですから」とぼく。

ぼくはガスパールおじさんに、マチアはぼくの仲間で、相棒であること、以前の知り合いで、あるとき偶然に再会したこと、ちょっとほかにはいないくらいのコルネットの名手であることを説明しました。

「そしてこれがカピくんだな」とガスパールおじさん。「明日は日曜だから、ひとつ芝居を見せてくれないか。アレクシが、カピは学校の先生よりも、人間の役者よりもりこうだと言うんだよ」

さっきおばさんの前では気まずい思いをしたけれど、おじさんといっしょなら、ぼくは気楽でいられました。さすがに「父さん」の兄弟というだけあります。

まるまる一週間しゃべり続けてもまだまだ足りなかったでしょう。アレクシはぼくがどんなふうに旅してきたかを知りたがり、ぼくはアレクシの新しい生活ぶりが知りたくてたまりませんでした。

もうすぐ家に着くというとき、ガスパールおじさんはぼくたちのほうに来て言いました。

「子どもたち、うちで夕はんを食べていきなさい」

「レミと友だちだよ」とおじさんは家に入りながら言いました。

「もう会ったわよ」

「それはよかった。この子たちもいっしょに夕はんを食べるんだ」

夕ごはんが終わると、おじさんが言いました。

「おまえはアレクシといっしょに寝なさい」

とはいえ、その夜はアレクシもぼくも、眠るどころではありませんでした。ぼくたちは語り合いました。

アレクシによれば、ガスパールおじさんは、炭坑でつるはしを使って石炭を掘り出す仕事をしていました。アレクシは炭坑の中の線路を、採掘場所から縦に通る穴である立て坑まで、トロッコと呼ばれる車に掘り出した石炭をのせて転がす係です。立て坑に着いたら、トロッコはケーブルに引っかけられて、機械で地上まで持ち上げられるのです。

ヴァルスに着いたときから、ぼくは炭坑の中におりてみたいと思っていました。アレクシの話を聞いて、その気持ちはふくらんでいました。けれどもガスパールおじさんは、それはできない、炭坑の中に入れるのはそこで働いている人だけだからと言います。

というわけで、ぼくは好奇心を満たすことをあきらめ、炭坑については、アレクシの話で知ったこと、ガスパールおじさんから聞いたこと以外には知らずに、旅立つのだと思っていました。しかし、これから起こる、あるできごとのせいで、ぼくは炭坑夫たちがさらされる恐怖、危険を知ることになったのです。

逃げろ！水が出た！

ぼくが出発すると決めていた前の日、アレクシが右手に大けがを負って帰ってきました。不注意で、手に大きな石炭のかたまりを落としてしまったのです。一本の指はつぶれかけていて、手全体が傷だらけでした。

炭鉱の医者が往診に来て、手当てをしました。ケガはそれほどひどくありませんでした。手はじきに治るだろうし、指も大丈夫。でもきちんと休む必要があるとのことでした。

ガスパールおじさんは人生をあるがままに受け止め、悲しんだり、怒ったりすることのない人でしたが、ただひとつ、自分の仕事にじゃまが入ると、普段の人のよさをかなぐり捨ててしまうのです。アレクシが数日間休むように言われたと聞いて、おじさんは大声でどなりました。

「休んでる間、だれがトロッコを押すんだ？　アレクシのかわりはいないんだ。アレクシのかわりに、ずっとやとうというなら見つけられるけど、何日かだけの臨時やといなんて無理だ」

おじさんはかわりの子を探しにいきましたが、見つけられずに帰ってきて、また文句を言い始めました。おじさんは本当に困っていたのです。

おじさんががっかりするのを見ていて、泊めてもらった親切にお返しをすべきなのではと思い、ぼくは、トロッコを押す仕事をかわってすると申し出ました。

翌日、ぼくはアレクシの作業着を借り、ガスパールおじさんについて出かけました。持ち場に着くと、ガスパールおじさんは仕事を教えてくれました。トロッコが石炭でいっぱいになると、いっしょに押して、立て坑まで動かす方法や、ほかのトロッコが来たら、坑道の側道に入ってよける方法を教えてくれたのです。

たしかにたいしてむずかしい仕事ではありませんでした。何時間かあとには、ぼくは巧みにとはいえないまでも、なんとか役に立つくらいにはこなせるようになっていました。

ぼくは何年もの間送っていた暮らし、とりわけここ三か月の旅で、疲れというものに慣れていました。だから不平を言うこともなく、ガスパールおじさんは、おまえはいい子だ、いつか立派な炭坑夫になれるぞと言ってくれました。

ある日、立て坑までトロッコを押してくると、近くでものすごい音が聞こえました。すさまじい音で、炭坑で働き始めてから聞いたことがないような音でした。ぼくは耳をすましました。音は続き、あちらこちらに反響していました。

突然、ネズミの群れが、騎兵隊の一団が退却するときのようにぼくの足もとを走り抜け、坑道の地面と壁から耳慣れない音が、そしてピチャピチャという水の音が聞こえてきたように思えました。よく見ようと、ぼくはランプをかかげ、地面に向けました。水でした。水は立て坑のほうから来て、坑道をさかのぼっていました。あのものすごい音、とどろくような音は、炭坑の中、坑内を流れ落ちる水の音だったのです。

トロッコをはなれ、ぼくは石炭を掘る採掘場に走っていきました。

「ガスパールおじさん、坑内に水が！」

ぼくの口調があまりにあわてていたので、ガスパールおじさんはつるはしをふり上げたままのかっこうで耳をすましました。同じ音がずっと大きく、ずっと不吉に響いていました。まちがいありません。水が迫ってきているのです。

「早く走れ！」とおじさんはさけびました。「水が坑内に入ってきてる」

「水が出たぞ！」とさけびながら、ガスパールおじさんはランプをつかみました。

坑道の水かさはどんどん上がっていきました。もはやひざの高さまで届いていて、そのせいで速く走ることができません。

物知りなため、仲間うちで「先生」と呼ばれていた老人もぼくらといっしょに走っていました。ぼくたち三人は、採掘場を走って通り過ぎるたびに、

「逃げろ！　坑内に水が入った」とさけびました。

幸いにもぼくたちは、はしごからそれほど遠くないところにいました。さもなければ、そこにたどり着くことはできなかったでしょう。ガスパールおじさんが最初に登り、次にぼくが、先生は最後に登りました。先生が登ってかなりたってから、ほかの炭坑夫たちも来て、合流しました。はしごの最後の段にたどり着く前に、頭から水をかぶって、ランプも水びたしになってしまいました。水は滝のようでした。

「しっかりつかまってろ！」とガスパールおじさんがさけびました。

おじさんと先生とぼくは、はしごの段にしっかりとしがみつきましたが、ぼくらのあとから来た何人かは水に飲み込まれたようでした。水の流れはもはや滝ではなく、なだれのようでした。

ようやく地上に近い第一層に着きましたが、助かったわけではありません。出口まではまだ五十メートルもあるのです。水はここの坑道にも入ってきました。そのうえランプが消えてしまって、

あかりもありません。

「もうダメだな」と先生は静かな声で言いました。「レミ、お祈りをしなさい」

水はすでにひざのあたりまで来ていて、身をかがめなくても手でふれられるくらいでした。水はおだやかというにはほど遠く、流れが速く、うずを巻き、行く手にあるものを巻き込み、木の破片が羽根のようにクルクルと回っていました。

しばらく坑道を歩きました。何分、何秒歩いたかもわからず、ぼくたちは時間の感覚を失っていました。先生は立ち止まりました。

「間に合わない。水がどんどん上がってくるぞ」

実際、水かさは急激に高くなっていきました。ひざの高さから、腰の高さに、そして胸の高さに。

「採掘場に逃げ込むしかない」と先生は言いました。

採掘場に逃げ込むということは、行き止まりということです。しかし選ぶ余地はありません。採掘場に入って何分かかかせいで、助かる希望をつなぐか、坑道を歩き続けて、数秒のうちに水に飲み込まれるかのどちらかなのです。

先生は先頭に立ち、ぼくたちを採掘場に入らせました。

生きている、と実感したと思ったら、耳をつんざくような音が聞こえました。逃げ始めたときから聞こえていたはずなのに、聞こえていなかった音です。地くずれの音、水がうずを巻き、落ちていく音、木がくだける音、そして圧縮された空気が爆発する音でした。

「洪水だ」

「この世の終わりだ」

「神さま！　わたしたちをあわれみください！」

そんななか、先生が言いました。

「体を疲れさせてはいけない。こんなふうに斜面に手と足でしがみついていたら、体力を使い果たしてしまう。足場を掘らなければ」

が、ぼくたちはみなランプは持っていたものの、なんの道具も身につけていませんでした。

「ランプの持ち手を使おう」と先生は言いました。

みなランプの持ち手で地面を掘り始めました。その作業は簡単ではありませんでした。採掘場の地面はかたむいていて、すべりやすかったからです。でも、もしすべったら死んでしまうとなると、力も入るし、うまくやれるものです。何分もたたないうちに、みんなめいめいに足を置く穴を掘り上げてしまいました。

これで一息つけました。ぼくたちはたがいに自己紹介しました。その場には七人いて、先生、そのとなりにぼく、ガスパールおじさん、パジェス、コンペイルー、ベルグヌーという名の三人の掘り手、キャロリという運搬係。

「わしが思うには、水はここには入ってこないじゃろう。死ぬとしても、少なくともおぼれ死ぬ心配はなくなった」

「なにを言ってるんだ、先生」

「水で押された空気がこの坑道の中にたまって、今じゃその空気が水を押し返しているのだ」

「じゃあ、おれたちは助かったんだ」とキャロリは言いました。

「助かった？　助かったとは言っとらん。わしらはおぼれ死にはしない、それは確かだ。でも、空気が出ていかないということは、閉じ込められているということだ。そしてわしらも閉じ込められていて、出口はないのじゃ」

「じゃあ、おれたちはどうすればいいんだよ？」とベルグヌーは言いました。

「助けを待つしかあるまい」と先生は言いました。

「でも、このままじゃ、飢え死にしちまう」

「それがいちばん危険なことではない。おまえたち、頭が重くなってきてないか？　耳鳴りはしないか？　息は吸えるか？　わしはダメじゃ。それこそが本当の危険だよ。わしらはこの薄い空気の中でどれくらいの時間生きられるものか？」

しばらく考えていた先生は、こう言いました。

「ともかく、今は水に落ちる危険がないよう、この場所を整えよう。救出が始まるまでに何時間かかるか？　それは地上にいる人だけが知っとることだ。地下にいるわしらは、できるだけ居心地が悪くならないようにして、待たねばならん。もしわしらのうちのだれかが足をすべらせたら、ゆくえ知れずになってしまうのじゃからな。いちばんいいのは、階段のような踊り場を作ることだ。ここには七人いるから、二段の踊り場があれば、みんなおさまるじゃろう」

「なにで掘るんだ？」

「土がやわらかいところはランプの持ち手で、かたいところはナイフで掘ろう。わしらの置かれているこの状況じゃ、命が助かるためならなんでもやってみなくては」

みんなは仕事にとりかかりました。

「場所を選んで掘らないと、むずかしいぞ」と先生は言いました。

「みんな、聞いてくれ」とガスパールおじさんが言いました。「おまえらに提案があるんだ。もしここで頭が働くやつがいるとしたら、それは先生だ。おれたちが冷静さをなくしたときでも、先生だけは落ち着いていた。おれは先生に仕事を指図する頭になってほしいんだが」

「おまえらが望むならなってもいいが、なんでもわしの言うとおりにするという条件でたのむ」と先生。

「みんなあんたに従うよ」とみんなは口々に言いました。

三時間休まずに働いたところでやっと、みんながすわるだけの広さの踊り場を掘ることができました。

「ランプを節約しなくては」と先生は言いました。「ひとつだけ残して、あとは消そう」

そこでいらないランプを消そうとしたとき、先生が待てという合図をしました。

「ちょっと待て。風でランプが消えたとしたら……。だれかマッチを持ってるかね？」

四人が「持ってる！」と答えました。

「わしも持っておる」と先生は言いました。「でも、しめっとる」

ほかの人も同じでした。みなズボンのポケットにマッチを入れたまま、胸や肩まで水につかってしまったのですから。最後にキャロリがこう言いました。

「おれも持ってるよ」

「しめってるか？」

「わからん。帽子の中に入れてるから」

キャロリはマッチの箱を渡しました。ずっと頭の上にあったので、マッチは水びたしにならずにすんでいました。

「さあ、ランプを消せ」と先生は命令しました。

たったひとつ火がともされたランプが、ぼくらがとらわれている場所をほのかに明るく照らしました。

水の牢屋

静けさが炭坑を支配していました。もうなんの音も聞こえてきません。ぼくらの足もとの水は動かず、波も立たず、さざめきの音もしないのでした。炭坑は水でいっぱいなのです。水はあらゆる坑道の床から天井まであふれて、ぼくたちは石の壁よりかたく、しっかりとした、水の牢屋に閉じ込められているのです。この重く、底知れない沈黙、死の沈黙は、水がどっと流れ込んだときのものすごい音よりも、ずっと恐ろしく感じられました。

作業にはげんでいるときは忙しくて気がまぎれます。でもこうして休んでしまうと、自分たちの置かれた状況に思いをめぐらせて、みんな、先生でさえも、ぼう然としていました。

「さて」と先生が言いました。「食べ物がどれくらいあるかちょっと調べてみよう。だれかパンを持ってるかね？」

「ポケットにひとかけあります」とぼくは言いました。

ぼくはズボンのポケットからパンを取り出しましたが、ぐちゃぐちゃのおかゆのようになっていたので、がっかりして捨てようとしました。が、先生が手を押さえました。

「とっておきなさい。どんなにひどいパンでも、おいしく思うときが来るよ」

それからキャロリが帽子からパンを取り出しました。

「ほら、一切れあるよ」

「キャロリの帽子は魔法の帽子かね？」

「帽子をよこせ」と先生が言いました。

キャロリは抵抗しましたが、みんなは力ずくでうばいとって、先生に渡しました。先生はランプをかざして、帽子の折り返しにあるものを調べました。ぼくたちは楽しさとはほど遠い状況に置かれていたわけですが、中身を見たそのときばかりは楽しくなって、ホッと気がゆるみました。

帽子の中から出てきたものは、パイプ、タバコ、鍵、ソーセージ一切れ、桃の種に穴を開けて作った笛、羊の骨で作ったおもちゃ、クルミが三つ、タマネギ。

「パンとソーセージは、今晩、おまえとレミで分けなさい」

「でも、おれは腹がへってるんだよ」とキャロリはあわれっぽい声で言いました。「おれはすぐに腹がへるんだ」

「夜にはもっとへるぞ」

先生は決意にあふれていたけれど、ぼくは救出されるとは信じられずにいました。ぼくは水がこわかった。暗闇もこわかった。死もこわかった。そして静けさはぼくを絶望させました。採掘場の壁が、その重さがすべて、ずっしりと体にのしかかっているかのようにぼくの気持ちをめいらせました。沈黙の中、突然、ガスパールおじさんの声があがりました。

「おれが思うに、外の連中はまだ助けようと動いてくれてはいないな」

「なんでそう思うんだ？」

「なんの音も聞こえないからさ」

「仲間たちのことをどうしてそんなふうに思えるんだ？」と先生は話をさえぎりました。「あいつらのことを悪く言うのはまちがってる。おまえたちだってよく知ってるじゃろう、事故があると、炭坑夫はたがいに見捨てず、助け合うんだ」

こうしてぼくらは議論を続けていましたが、

「聞いて」とキャロリが言いました。彼は動物みたいなところがあって、ぼくらみんなより見る、聞くといった五感が発達しているのです。

「水の中でなにか音がする」

「ああ」と先生が言いました。「水の中でなにかが起こってる」

「なにか規則正しい振動の音だ」

「おれたちは助かったんだ！　立て坑の排水機械の音だぞ」

「排水機械！」。みんなが同時に、同じ声で、同じ言葉をくり返しました。電気ショックを受けたかのように、ぼくたちは立ち上がりました。

ぼくたちはもう地下四十メートルにいるんじゃない。空気は圧縮されていないし、採掘場の壁は重苦しくないし、耳鳴りもとまった。ぼくたちは楽に息ができるし、心臓は力強く動いている！

排水機械の音に熱狂したものの、その喜びは長くは続きませんでした。ぼくたちは見捨てられてはいない。外の人はぼくたちを助けようとがんばってくれている。それは希望の種です。でも、排水は間に合うのでしょうか？　それが不安の種でした。

気持ちのうえでの苦痛に、いまや肉体的な苦痛も加わってきていました。せまい踊り場の上でとっている姿勢のせいで、疲れが増してきました。しびれをとろうと体を動かすこともできず、頭痛は激しくなっていきました。

「おれは水が飲みたい」とコンペイルー。

水をくもうと、パジェスがおりていこうとしましたが、先生はとめました。

「おまえが動くと土がくずれてしまう。いちばん体が軽いレミなら、うまくやるだろう。おりていって、長靴に水をくんで渡してもらおう」

だれかから長靴の片っぽうを受け取り、ぼくは水面の近くまですべっておりようとしました。

「ちょっと待て」と先生は言いました。「わしの手につかまりなさい」

「大丈夫。もし落ちても、平気です。ぼく、泳げるから」

「つかまりなさい」

先生は手をのばしましたが、前のめりになりました。思ったように動けなかったのか、長く動いてなかったせいで体がしびれていたのか、足場の石炭が体重を支えきれなかったのか、先生は採掘場の斜面をすべって、暗い水の中にまっさかさまに落ちてしまいました。ぼくを照らそうと手に持っていたランプも先生のあとから転げ落ち、見えなくなりました。その瞬間、ぼくたちは闇に飲み込まれ、みなが同時に悲鳴をあげました。幸いにもぼくはもうおりんばかりの体勢にあったので、背中ですべりおり、先生から少し遅れて水に着きました。

どこを探そう？　どの方向に腕をのばせばいい？　どうもぐろう？　ぼくが迷っていると、こわばった手が肩をつかみ、ぼくは水の中に引きずり込まれました。ぼくは足でぐっとひとけりして、水面に上がっていきました。その手は肩にしがみついたままでした。

「ぼくにつかまっていて、先生。もう大丈夫ですよ」

助かった！　でも、ぼくはどの方向に泳げばいいかわからなくなっていました。そのときいい考えがひらめきました。

「みんな、声を出して」とぼくはさけびました。

「レミ、どこだ？」

ガスパールおじさんの声でした。その声はぼくに方向を教えてくれました。

「ランプをつけてください」

すぐにあかりがつきました。手をのばすと、ふちに手が届きました。ぼくは石炭のかたまりにしがみつきながら、先生を引き寄せました。

あぶないところでした。なにしろ先生は水を飲んで、息がとまりかけていたのですから。ぼくは先生の頭を水の上に出して支えました。先生はすぐに息を吹き返しました。先生の片手をガスパールおじさんが、もう片方の手をキャロリがつかんで、ぼくがうしろから押して、踊り場に引き上げました。それからぼくもはい上がりました。先生はもう意識を取り戻していました。

「こっちへおいで」と先生はぼくに言いました。「おまえにキスしなくちゃ。おまえはわしの命の恩人じゃ」

希望の光

あれから何日たったのか……。鉱山の技師が壁をたたく音が聞こえたときは、排水機械の音を聞いたときと同じような騒ぎになりました。

「助かった!」

みな喜んで、口々にさけび、よく考えてみもせずに、すぐに救いの手がさしのべられるものと思ったのです。そして排水機械の音を聞いたときのように、希望のあとには絶望がおとずれました。つるはしの音は、救いの手はまだまだ遠くにいると告げたのです。二十メートルか、三十メートルか……。

ぼくたちの恐怖心を増したのはあかりがないことでした。ランプの油は次々となくなっていきました。残ったランプがふたつだけになったとき、先生はあかりが本当に必要なとき以外にはつけるのをやめようと決め、今は暗闇の中で時を過ごしているのでした。あかりがないと、陰気なだけではなく、危険でもありました。へたに動くと、水の中へ転げ落ちてしまう心配があったからです。

ぼくたちはときどき、救助隊に生きていると知らせようと、壁をたたきました。つるはしが休むことなく石炭を掘りくずしている音が聞こえました。けれどもその音が大きくなる気配はなく、彼らはまだ遠くにいるのだとわかりました。

ぼくは水をくみにおりていきました。すると水が何センチか浅くなっているようでした。

「水が引いてる」

「神さま！」

何時間も、おそらく何日もの間、ぼくたちはじっと動かずにいて、つるはしで掘る音と、立て坑の排水機械の音だけが、ぼくらの命を支えていました。ほんの少しずつ、音は大きくなっていきました。水は引き、救助隊はぼくたちに近づいていました。

水はどんどん引いていきました。そしてぼくたちは水が坑道の天井まで届いていないという証拠をつかみました。採掘場の岩を引っかく音、続いて石炭の小さなかけらが落ちて、水がピシャピシャいう音が聞こえたのです。さらにはネズミが通っていくのが見えました。

「先生、いいことを思いつきました。ネズミが坑道を走り回れるなら、人間だって通れるはずです。ぼく、はしごのところまで泳いでいってみます。ぼくが声を出して、聞こえたら、救助の助けになるかもしれない。ぼくたちを捜しにきてもらえます」とぼくは言いました。

先生はしばらく考えていましたが、ぼくに手をさし出しました。

「おまえは勇気がある。おまえが思うとおりにしなさい。わしにはおまえがやろうとしていることは不可能に思えるが、不可能だと思えたことが成功したこともないわけじゃないからな」

ぼくは先生とガスパールおじさんにキスをして、服をぬいで、水の中におりました。

「みんな、ずっと声を出していてください」とぼくは泳ぎ始める前に言いました。「声がすれば方向がわかりますから」

少し進んでみると、頭をぶつけないくらいゆっくりと行けば、泳げることがわかりました。ぼくは用心深く進みました。はしごへの方向を見定めるのはむずかしいことでした。それほど遠くないところに、坑道が交差する場所があるはずで、暗闇の中でまちがえれば、迷ってしまいます。でも方向を決めるのに、ぼくは確実な道しるべを知っていました。トロッコのレールです。レールにそって泳げば、はしごを見つけられるはずです。

ときどきぼくは足をおろし、レールにふれてから、静かに体を起こしました。足にふれるレールの感触と、うしろから聞こえる仲間たちの声のおかげで、ぼくは迷子にならずにすんでいました。声が小さくなる一方で、排水機械の音は大きくなり、前へ進んでいるのがわかりました。

坑道のまんなかを進んでいたはずなのに、おや、足になにもふれません。ぼくは水にもぐって、手でレールを探してみましたが、見つかりません。道をまちがえたんだ！　方向がわからず、激しい不安におそわれて、ぼくは少しの間、ぼんやりその場にとどまっていました。でも、そのとき突然、また声が聞こえてきて、とるべき道がわかりました。

それからレールを見つけ、はしまでたどっていると、急にとぎれてしまいました。レールは水の流れに引きはがされて、流されていたのです。ぼくは道しるべを失いました。

こうなっては、ぼくの計画を実行するのは不可能でした。もう引き返すしかありません。声が道案内をしてくれました。ぼくが近づくにつれ、その声は大きくなり、仲間たちは新しく力を得たようでした。まもなく採掘場の入り口にたどり着き、今度はぼくが大声をあげました。

「通路は見つかりませんでした」

「そんなことはいいんだ。救助隊にはわしらの声が聞こえているし、わしらにも彼らの声が聞こえている。もうじき話ができるじゃろう」

ぼくはすばやく採掘場に上がって、耳をすましました。実際、つるはしの音はずっと大きく聞こえたし、救助隊の人たちの声はまだ小さかったけれども、はっきりと聞きとることができるようになっていました。

とうとう大きな石炭のかたまりが落ち、ぼくたちのほうへと転がってきました。採掘場のてっぺんに穴があいて、ランプのあかりで目がくらみました。しかしすぐにまた暗闇が戻りました。空気のうず、恐ろしいほどの空気のうず、竜巻が、石炭のかけらやさまざまなものの破片を巻き込んで、ランプを吹き消したのです。

と同時に坑道の水の中ですさまじい音がして、ぼくはハッとふり返りました。強いあかりが水の上を進んでくるのが見えました。

「がんばれ、がんばれ!」と救助隊がさけびました。

坑道を通って人がこちらへやってきました。先頭に立っていたのは技師でした。最初に採掘場に登ってきて、ぼくがなにも言えずにいると、腕にかかえました。

ぼくは気が遠くなりました。けれども、運ばれているときには意識を取り戻していて、坑道の出口で、だれかがぼくを毛布でくるんでくれているのがわかりました。ぼくは目を閉じ、でもしばらくするとまぶしさを感じて、目を開けました。日の光でした。ぼくたちは地上にいたのです。

白いものがぼくに飛びついてきました。カピでした。カピはポンと飛んで、技師の腕の中に突進してきて、ぼくの顔をなめ回しました。と同時に、だれかが右手をとって、キスするのを感じました。「レミ!」と弱々しい声が言いました。それはマチアの声でした。

雌牛の災難

ぼくには炭坑で友だちができました。いっしょに不安を耐えしのんだことが、心を結びつけたのです。ぼくたちはともに耐え、希望をいだき、ひとつになったのです。

みんながぼくにヴァルスに残ってほしいと思っていました。

「おれが掘り手の仕事を見つけてやるよ」とガスパールおじさんは言いました。「おれたちはずっといっしょに暮らすんだ」

でもぼくは、もう一度、炭坑でトロッコを押す仕事をする気にはなれませんでした。炭坑はすばらしいし、おもしろいし、見られてよかったけれど、もう十分に見たし、採掘場に戻ろうという気にはちっともなれませんでした。

とにかく地面の下で働くのはこりごりです。地上での生活、地面の上に広がる空は、たとえその空が雪空だったとしても、ぼくにはずっとすてきに感じられるのでした。ガスパールおじさんと先生にこう説明すると、ふたりはおどろいて、ぼくが炭坑の仕事をよく思っていないと知ってがっかりしたようでした。

炭坑で働きたくないとはいえ、ヴァルスを旅立つのは悲しいことでした。アレクシ、ガスパールおじさん、先生と別れなければならなかったからです。でも、ぼくが愛して、ぼくに愛情を示してくれた人たちと別れるのは、ぼくの宿命なのです。

さあ、前へ進め！

ハープを肩にかけ、背中にかばんを背負い、うれしさのあまり土ぼこりの中で転げ回っているカピを連れて、マチアとぼくは街道へ歩き出しました。


ぼくたちはマンドの町をへて、温泉地に着きました。ラ・ブルブールと、とりわけモンドールでぼくらはたっぷりとかせぐことができました。

正直に言えば、これはマチアの客あしらいのうまさ、如才のなさのおかげでした。ぼくはお客が集まってくるのを見ると、すぐにハープをとって弾き始めます。たしかに一生けん命ではありますが、少々そっけなくもありました。マチアはこんな芸のないやり方はしないのです。彼はお客が集まったらすぐ弾けばいいとは思っていませんでした。バイオリンやコルネットを手にとる前にマチアはお客を観察して、演奏するか、しないか、とりわけなにを演奏すべきかを見てとるのでした。

ぼくたちの活動は本当にうまくいきました。必要なお金を払っても、六十八フランが手もとに残ったのです。六十八フランと、これまでにたまった分を足すと、全部で二百十四フランになりました。今こそ、ぐずぐずしないでシャヴァノンを目指すべきです。そしてもちろん、家畜の市が開かれているユッセルにも寄らなければ。とうとうぼくたちは、雌牛を買うことができるのです。

それにしても、どうやってぼくらが満足できる、質のいい雌牛を選べばいいのでしょう？　いろいろと聞いていると、牛を売る商人がだまそうとしたのを獣医さんが防いだという話がありました。もし獣医さんがぼくたちの助けになってくれたら、たとえそれにお金がかかるとしても、どんなに安心なことか！

モンドールからユッセルはそれほど遠くなく、二日かかって、まだ朝早くにユッセルに着きました。

昔、ヴィタリスといっしょに泊まったことがある宿屋にかばんと楽器を置いてから、ぼくたちは獣医さんを探しにいきました。獣医さんはぼくたちのたのみを聞くと、鼻で笑いました。

「芸をする牛なんてこの地方にはいないよ」と彼は言いました。

「ぼくたちが探しているのは、旅回りをする雌牛じゃなくて、いい乳を出す雌牛なんです。先生、あなたの知識を使って、ぼくたちが家畜商人にだまされないよう、助けてほしいんです」

「なぜきみたちは雌牛が買いたいんだね？」と獣医さんはききました。

ぼくはこの雌牛をバルブラン母さんにあげたいと思っていることを説明しました。

「きみたちはいい子だ」と獣医さんは言いました。「明日の朝、市についていって、牛を選んであげよう。立派なよい牛をな。でも、買うにはお金がいるが」

答えるかわりに、ぼくは、ぼくたちのお宝を包んでいるハンカチをほどきました。

「これだけあればいいな。明日の朝、七時に来てくれ」

「あなたにいくらお支払いすればいいですか、先生？」

「いらないよ。きみたちみたいないい子からお金をとろうなんて思わん」

夜には静まりかえっていたユッセルの町も、翌朝は騒音と活気にあふれていました。通りにはものすごい数の人がいて、市へ向かっていました。

七時になると、ぼくたちを待っている獣医さんを迎えにいき、いっしょに市へ引き返し、もう一度、どんな牛を買いたいと思っているのか説明しました。結局のところ、ふたつのことが重要でした。たくさん乳を出すこと、そして少ししか食べないこと。

獣医さんはある牛の前に行きました。それは小さな雌牛で、脚が細く、赤毛で、耳と顔が茶色く、黒くふち取りされた目をしていて、鼻先に白く丸い模様がありました。

「この牛はちょうどきみたちにぴったりだ」と獣医さんは言いました。

弱々しい感じの農民が引き綱で牛を引いていました。獣医さんはいくらで売るつもりなのかとたずねました。

「三百フラン」

ぼくたちは、この小さな雌牛、すばしっこくて、ほっそりして、かしこそうな顔つきをした雌牛に心をうばわれていたので、がっかりしました。三百フラン！　とてもぼくたちの手の届くところではありません。ほかをあたろうと、ぼくは獣医さんに合図を送りました。が、獣医さんは、ねばらなければダメだと合図を送り返してきました。

獣医さんと農民の間で値段の交渉が始まりました。次に獣医さんは、値段を言うかわりに雌牛の細かいところに文句をつけ始めたのです。脚が弱すぎる、首が短すぎる、角が長すぎる、肺が丈夫じゃない、乳房に問題がある……。

農民は二百五十フランまで下げました。ぼくたちはふたりとも、この牛はよくない牛なのかもしれないと思い始めました。

「ほかを見にいきましょう」とぼくは言いました。

この言葉を聞くと、農民はさらにがんばって、十フラン下げ、値下げにつぐ値下げで、最終的には二百十フランになりました。獣医さんはぼくたちをそっとひじでつつき、ぼくたちは彼が言っていたことは本気ではなく、この牛は悪い牛にはほど遠く、むしろすばらしい牛なのだとわかりました。

「二百十フランで買います」とぼくは言いました。

ぼくたちは、宿の調理場の女の人にたのんで、牛の乳をしぼって、夕食に出してもらいました。

ぼくはこんなにおいしい牛乳を飲んだことはありません。マチアもこの乳は病院で飲んだ牛乳のように、甘くて、オレンジの花の香りがして、でもずっとおいしいと言いきりました。

ぼくたちは興奮して、牛の鼻先にキスをしました。牛はこのキスのお返しに、ザラザラした舌でぼくらの顔をなめ回しました。

「こいつ、キスするよ」とマチアは大喜びでさけびました。

翌朝、ぼくたちは日の出とともに起き、すぐにシャヴァノンへ向かって出発しました。

十時ごろ、草が青く茂っているところを見つけて、背中のかばんを置き、牛を溝におろしました。初めは引き綱をにぎっていようと思いましたが、牛はおとなしいし、牧草に夢中になっているので、角に綱を巻きつけて、近くにすわって、パンを食べることにしました。牛が牧草を食べているのを待っている間、ぼくたちはかばんから楽器を取り出しました。

「コルネットを演奏してやったら？」とマチアはじっとしていられずに言いました。

マチアはパレードのファンファーレを吹き鳴らしました。

音が鳴って、牛は頭を上げました。そして角に飛びかかって綱をつかもうとしたとたん、早足で走り出してしまいました。ぼくたちもさけびながら、全速力であとを追いかけました。でも牛はとまらず、それどころかずっと先に行き、ぼくたちはあとに置いていかれてしまったのです。

二キロほど先に大きな村があり、牛はこの村に向かって走っていきました。そこにいた人たちが牛の通り道をふさいで、つかまえてくれました。そこでぼくたちは少し速度をゆるめました。

ぼくは自分の牛を返してもらおうと思っていましたが、返してくれるかわりに、人々はぼくたちを取り囲み、ぼくたちがどこから来たのかとか、この牛の持ち主なのか、というような質問を次々とあびせかけました。答えても人々は納得せず、二、三人の人が、ぼくたちはこの牛を盗んで、牛はぼくらから逃げているんだ、牢屋に入れて、事件を明らかにしなければ、と言い始めました。

そうこうするうちに、警官がやってきました。だれかがぼくらのやったことを言い立て、でも、その証言ははっきりしていなかったので、警官は、牛を収容場に、ぼくたちを牢屋に入れると宣言しました。ぼくはトゥールーズでのヴィタリスと警官のやりとりを思い出して、だまって警官についていこうとマチアに言いました。

ぼくたちは牢に入れられてしまいました。いったい何日の間、入っていることになるんだろう？

ぼくがこう考えていると、マチアが来て、頭を下げました。

「おれの頭をなぐってくれ。どんなに強くなぐっても、おれのしたバカなことは帳消しにならないよ」とマチアは言いました。

「きみはバカなことをしたけど、そうさせてしまったぼくだってバカだよ」

マチアは泣き出してしまいました。ぼくはなぐさめました。ぼくたちの立場はそこまで深刻じゃない。なにも悪いことはしていないんだから。ぼくたちが牛を買ったと証明するのはそんなにむずかしくないはずだ。あのユッセルの親切な獣医さんが証言してくれるだろう。

「牛を買うお金を盗んだと言われたら、そのお金は自分たちでかせいだものだって、どうやって証明できる？　それに」とマチアは泣きながら続けました。「牢屋を出られて、牛のところに戻れたとしても、バルブラン母さんを見つけられるって言える？」

「どうしてそんなこと言うんだ？」

「きみと別れてから、母さんは死んでしまったかも」

恐怖がぼくの心を打ちのめしました。

あれこれと悲しいことを考えながら、何時間かが過ぎ、時間がたつにつれ、ぼくたちの悲しみは増していきました。

ついにガチャガチャと音をたてて扉が開き、髪の白い老紳士が入ってきました。その人の気やすそうで、善良そうな様子を見たとたん、希望がわいてきました。

「おい、立て」と牢屋の番人は言いました。「治安判事どのの質問にお答えするんだ」

治安判事は番人に、ひとりにしてくれと合図を送り、ぼくを指さし、「まずこの子に質問する。もうひとりの子を連れていって、見ていてくれ。次にその子を尋問するからな」と告げました。

「みなが、きみたちが牛を盗んだと言っている」と治安判事はぼくの目を見ながら言いました。ぼくはこの牛をユッセルの家畜市で買ったこと、買うときに手伝ってくれた獣医さんの名を伝えました。

「そのことは確かめられるはずだ」

「そうしてください。調べれば、ぼくたちの無実は明かされるでしょう」

「なぜきみたちは、雌牛を買ったのかね？」

「シャヴァノンに連れていって、育ての親へのおくりものにするんです。育ててくれたことの感謝を込めて、そしてぼくの愛情の証として」

「その育ての親はなんというのかね？」

「バルブラン母さんです」

「何年か前にパリで脚をケガした石切り職人のおくさんかね？」

「そうです、治安判事さま」

「そのことも調べればわかるだろう」

でも、ぼくはユッセルの獣医さんの話のときと同じように、調べてくださいとは言えませんでした。ぼくが困っているのを見て、判事は問い続け、ぼくは、もし彼がバルブラン母さんに質問をしたら、母さんをびっくりさせることができなくなると言いました。

困ったはめにおちいっているとはいえ、ぼくはうれしさも感じていました。治安判事はバルブラン母さんのことを知っているし、母さんにぼくの話が本当かどうかをききにいくと言っているからには、バルブラン母さんはまだ生きているとわかったからです。それからもっとうれしいことに、質問の間に、治安判事はバルブランが少し前にパリに戻ったと言ったのです。

「きみたちはどこで牛を買うお金を手に入れたのかね？」

「ぼくたちが自分でかせいだんです」

ぼくはパリからヴァルスへ、ヴァルスからモンドールへ移動しながらかせいで、一スーずつこつこつためたことを話しました。

「じゃあ、ヴァルスではなにをしていたのかね？」

ぼくは話しました。治安判事はぼくがラ・トゥリュイエールの炭坑で生き埋めになったと聞いて、話をさえぎり、たずねました。

「では、ヴァルスの災難のことを話したまえ。わたしはその話を新聞で読んだから、もしきみが本当に災難にあった子じゃなかったとしたら、わたしをだますことはできないぞ」

ぼくが話し終わると、治安判事はぼくをやさしく、心を動かされたというような目で長いこと見つめました。判事はぼくを置いて出ていきました。きっとマチアに質問をして、ぼくらふたりの話が一致するか確かめるつもりなのでしょう。ぼくはその場で長いこと、考えにふけっていました。

すると判事がマチアといっしょに戻ってきました。

「ユッセルに情報を集めに使いをやるよ」と判事は言いました。「そしてきみたちの話が確かめられたら、明日にはきみたちは自由の身だ」

すばらしいおくりもの

次の朝、八時に扉は開き、治安判事とあの獣医さんが入ってくるのが見えました。獣医さんはぼくたちを自由の身にするために来てくれたのでした。

ぼくたちはこの村にみじめなありさまで到着しましたが、今度は雌牛を引いて、頭を高く上げて、堂々と出発するのです。ぼくたちはもう牛の綱をはなすことはありませんでした。ぼくたちの牛はおとなしいけれど、こわがりやさんなのですから。

まもなくぼくたちは、以前ヴィタリスと泊まった村に着きました。そこから広い荒地を横切れば、シャヴァノンへ下る丘に出るのです。

ぼくはいいことを思いついて、マチアに話しました。

「バルブラン母さんの家でクレープをごちそうするって約束しただろ。でも、クレープを作るには、バターと小麦粉と卵がいるんだ」

「うん、おいしそうだよね」

「本当においしいんだ。今にわかるよ。だけど、バルブラン母さんのところには、たぶんバターも粉もないと思う。金持ちじゃないからね。だから持っていってあげたらどうだろう」

「とってもいい考えだね」

「じゃあ、牛の綱を持っていって。絶対にはなしちゃダメだよ。この食料品屋でバターと粉を買ってくるから。卵は、もしバルブラン母さんのところになかったら、近所の人に借りてもらおう。着くまでの間に割れちゃうといけないから」

ぼくは五百グラムのバターと一キロの粉を買って、また歩き出しました。

「バルブラン母さんが家にいるとしたら、どんなふうにびっくりさせようか？」とマチア。

「きみがひとりで入っていって、王子さまの雌牛をお連れしましたと言うんだ。で、母さんがどこの王子さま？　ときいたら、ぼくが出ていく」

バルブラン母さんの家を見おろす曲がり角に着いたとき、白いずきんが中庭に出てくるのが見えました。バルブラン母さんです。母さんは村のほうへ向かいました。ぼくはマチアにあれが母さんだと言いました。

「出かけるみたいだ」とマチアは言いました。「びっくりさせる計画はどうしよう？」

「別の方法を考えなくちゃ」

ぼくたちは昔住んでいた家の垣根のところに行き、昔と同じように入りました。

ぼくはバルブラン母さんの習慣をよく知っていたので、扉にはかけ金だけがかけられていて、家に入れるとわかっていました。でもそれよりともかく、牛を牛小屋に入れなければ。ぼくたちは牛を牛小屋に落ち着かせました。

「ぼくはバルブラン母さんが見つけやすいように、暖炉のすみにいることにする。母さんが帰ってきて垣根の戸を押して、きしむ音がしたら、きみはすぐにカピといっしょにベッドのうしろにかくれるんだ。母さんにはぼくだけが見える。びっくりすると思わない？」とぼくは言いました。

準備は上々、家の中に入って、ぼくは冬の夜によく陣取っていた暖炉のところにすわりました。と、白いずきんが見えました。同時に、垣根の戸を支えている**つる**が音をたてました。

「早くかくれて」とぼくはマチアに言いました。

扉が開いて、戸口のところに立っているバルブラン母さんが、ぼくを見つけました。

「そこにいるのはだれ？」と母さんは言いました。

ぼくは答えずに彼女を見つめました。彼女もぼくを見つめました。突然、彼女の手はふるえ出しました。

「神さま」と母さんはつぶやきました。「神さま。こんなことってあるかしら、レミ！」

ぼくは立ち上がって、母さんにかけ寄って、だきつきました。

「母さん！」

「ぼうや、あたしのぼうや！」と母さんは言いました。

「もちろん、わたしはいつもおまえのことを考えていたわ。もしそうじゃなかったら、わからなかったわ。おまえは変わったわね。大きくなったし、丈夫そうになって！」

鼻をすする音がして、ぼくはベッドのうしろにかくれているマチアのことを思い出しました。ぼくはマチアを呼び、彼は立ち上がりました。

「これはマチア。ぼくの弟だよ」

「ああ、じゃあ、おまえはご両親に会えたのね？」とバルブラン母さんはさけびました。

「ううん、弟っていうのは、ぼくの仲間で親友って意味だよ。それからカピ。カピも仲間で親友なんだ。カピ、母さんにごあいさつして」

カピはうしろ脚で立ち上がって、前脚を胸に当てて、うやうやしくおじぎをしました。このおじぎはバルブラン母さんを笑わせ、涙も乾いてしまいました。

マチアはぼくのようにわれを忘れていなかったので、合図をしてびっくりさせる計画のことを思い出させせました。

「もしよかったら」とぼくはバルブラン母さんに言いました。「ぼくたち中庭に出てみたいんだけど。曲がったナシの木のことをよくマチアに話してたんだ」

そしてそのときがやってきました。

「牛小屋はあのかわいそうなルーセットがいなくなってから変わった？」とぼくは言いました。

「いいえ、そのままよ。今では薪を入れているの」

牛小屋の前に来ると、バルブラン母さんは扉を押しました。その瞬間、おなかがすいていて、だれかがえさを持ってきてくれたと思った牛が鳴き出しました。

「牛だわ、牛小屋に牛がいる！」とバルブラン母さんはさけびました。

がまんできずに、マチアとぼくは笑い出しました。バルブラン母さんはびっくりしてぼくらを見ました。

「おくりものだよ。母さんをびっくりさせようと思って、ぼくたちが仕組んだんだ」

「おくりもの、おくりものですって！」

「バルブラン母さんのところに手ぶらで帰ってきたくはなかったんだ。だって母さんは、捨て子だったぼくにあんなによくしてくれたでしょ。だから母さんにとっていちばん役に立つものはって考えて、ルーセットのかわりの雌牛を思いついたんだ。ぼくたちユッセルの家畜市で、自分たちがか

せいだお金で、この牛を買ったんだよ。マチアとぼくとでね」

「なんていい子なのかしら！」とぼくにキスをしながら、バルブラン母さんはさけびました。

「それになんてきれいな牛なんでしょう！」

突然、彼女は話をやめて、ぼくを見つめました。

「じゃあ、おまえは今、お金持ちなのね？」

「そうだと思いますよ」とマチアが笑いながら言いました。「五十八スーも残ってますからね」

話している間も、牛はずっと鳴いていました。

「牛は乳をしぼってもらいたがってるんですよ」とマチアが言いました。

それ以上聞かずに、ぼくは家にかけ込んで、よくみがかれた錫のバケツをとってきました。そのバケツは昔、ルーセットの乳をしぼるのに使っていたもので、牛小屋には長いこと牛がいなかったのに、いつもの場所に置いてありました。土ぼこりだらけの牛の乳房を洗おうと、ぼくはバケツを水でいっぱいにして持ってきました。

バルブラン母さんは、あわ立つおいしそうな牛乳がバケツの四分の三にもなったのを見て、うれしそうでした。

「ルーセットよりもたくさん乳が出るみたい」と彼女は言いました。

「それにいい乳なんですよ。オレンジの花の香りがするんです」とマチア。

牛の乳をしぼって、草を食べられるように中庭にはなしてから、ぼくたちは家に入りました。さっきバケツをとりにきたとき、テーブルの上のちょうどいい場所に、バターと粉を置いておいたのです。バルブラン母さんは新しいびっくりの種を見つけると、またさけび声をあげました。

「これは母さんとぼくたちへのおくりものだよ。ぼくたちはおなかがすいて死にそうで、クレープを食べたいんだ。ぼくがここで迎えた最後のマルディグラのとき、食べようとしていたのにじゃまされたのを覚えてるでしょ？　母さんがクレープを作ろうと借りてきてくれたバターが、タマネギをいためるのに使われちゃって。今度こそじゃまは入らないからね」

「おまえは、バルブランがパリにいると知ってるのね」と母さんは言いました。

「うん」

「なにをしに行ったかも知ってるの？」

「いいえ」

「おまえに関係あることなのよ」

「ぼくに？」とぼくはぎくっとしながら言いました。

けれども、答える前に、バルブラン母さんはマチアのいる前では話したくないというように、マチアのほうを見ました。

「卵はある？」とぼくはききました。

「いいえ、今、ニワトリは飼っていないから」

「割れちゃうといけないと思って、卵は持ってこなかったんだ。借りてこられないかな？」

母さんは困った顔をしていたので、これまで何度もご近所で借りていて、また借りるのはためらわれるのだとわかりました。

「ぼくが店に行って、買ってくるほうがいいね。その間に牛乳で生地を準備してて」

ぼくは店で卵を十二個とベーコンの小さなかたまりも買いました。戻ってくると、粉が牛乳でとかれて、あとは卵を混ぜればいいだけになっていました。

「それにしてもねえ」とバルブラン母さんは勢いよく生地を混ぜながら言いました。「おまえはこんなにいい子なのに、どうして手紙をくれなかったの？」

「だってバルブラン母さんはひとりでいるわけじゃなかったから。ぼくは、バルブランのことがすごくこわかったんだ。あいつはこの家のたったひとりの主人で、ぼくを四十フランで音楽師のおじいさんに売りとばしたんだから」

「そんなことを言っちゃいけないわ、レミ」

「ぼくはこわかったんだ。もしやつがぼくを見つけて、また別の人に売ってしまったらと思うと。だってあのすばらしい親方は亡くなってしまったから。だからぼく、手紙を書かなかったんだ」

「ああ、あの音楽師のおじいさんは亡くなってしまったのね」

「うん、とても悲しかった。ぼくが今いろんなことを知っていて、生活できているのは、あの人が教えてくれたからなんだ。あの人のあとにも、親切にしてくれた人がいたけれど、もしぼくが『グラシエールで花作りをしています』なんて書いたら、バルブランはぼくを探しにきたでしょ？ それかその立派な人たちにお金を要求したでしょ？ そんなのどっちもイヤだったんだ」

「わかるわ」

「でも、母さんのことを考えてなかったわけじゃないよ」

バルブラン母さんはフライパンを火にかけ、バターをひとかけ、ナイフで切り取って落としました。バターはすぐにとけました。

「いいにおいがする」とマチアはさけびました。マチアはやけどしそうになるのもかまわず、火の上に鼻をつき出していました。バターがジュージューいい始めました。

「バターが歌ってるよ」とマチアはさけびました。

バルブラン母さんはおたまを鉢に入れて、トロンと長く白い糸を引く生地をすくい、フライパンに流し込みました。バターはこの生地の白い洪水に場所を明けわたし、まわりを焦げ色でふち取りました。

ぼくも体を前に乗り出しました。バルブラン母さんは、フライパンの柄をトントンとたたいて、それから手際よくクレープを飛ばしました。マチアはびっくりしていましたが、心配はいりません。短い空中散歩のあと、こんがりしたクレープはひっくり返って、フライパンに着地しました。ぼくが皿を手にとる間もなく、クレープはお皿の中にすべって入っていました。

これはマチアの分でした。マチアは指もくちびるも舌ものどもやけどしましたが、それがなんだというんでしょう！　彼はやけども感じないほど夢中で食べていました。

「ああ、おいしい！」と彼は口いっぱいにほおばりながら言いました。

次はぼくが皿に入れてもらって、やけどをする番です。マチアほどではないとはいえ、ぼくもやけどのことなんて考えていられませんでした。

みなが食べ終わって、生地を入れた鉢が空になると、マチアは牛が中庭でどうしてるか見にいきたいと言い出しました。バルブラン母さんがマチアの前では話をしたくないと思っているのを察したからです。母さんとぼくはふたりきりになりました。ぼくは母さんにききました。

「バルブランがパリに行ったのはぼくのためなの？」

「おまえの家族がおまえを捜しているみたいなのよ」

「ぼくに家族がいるの？　ぼくにはバルブラン母さんっていう家族はいるけど、捨て子なんだよ」

「家族の人もおまえを進んで置き去りにしたわけじゃないのよ。そして今はおまえを捜してる」

「だれが捜してるの？　ああ、バルブラン母さん、教えて、早く教えて、お願いだから」

「今度の月曜日でちょうどひと月になるんだけど、わたしがかまど部屋で仕事をしていたとき、ひとりの男の人というか、紳士が、家に入ってきて、『バルブランというのはあなたかね？』と外国ふうのアクセントで言ったのよ。『そうだ、おれだ』とバルブランは答えたの。『パリのブルトゥイユ通りで赤ん坊を見つけて、育てたのはあなたかね？　その子は今、どこにいる？』『それがあんたになんの関係があるんだね』とジェロームは聞いたわ。あの部屋にいると、ここで話していることが聞こえるのよ。で、もっとよく聞こえるようにと、近寄ったら、枝を踏んで、音をたててしまったの。『ほかにだれかいるのかね？』とその紳士はきいたわ。『おれの女房だ』とジェローム。『ここはちょっと暑いな。もしよかったら、外へ出て話さないか』。ふたりは出ていってしまって、三、四時間してジェロームはひとりで帰ってきたの。ジェロームとその紳士の話を知りたくてたまらなかったけど、わたしがきいてもジェロームは全部話してくれなかったの。ただ、あの紳士はおまえのお父さんではない、でも家族にたのまれて捜してるってことだけは教えてくれたわ」

「で、ぼくの家族はどこにいるの？　なんていう名前なの？」

「わたしもジェロームにきいたんだけど、なにも言わなかった。そしておまえを貸した音楽師を探しにパリに行ってしまったわ。その人は、その音楽師のパリでの住所を、ルールシヌ通りのガロフオリっていう別の音楽師の家だと言ったそうよ」

「パリへ出発してから、バルブランは母さんに連絡してこないの？」

「ええ。あの人はずっと捜してるのよ。紳士はあの人に百フランくれたし、そのあともお金を渡しているはず。おまえは見つかったとき、立派な産着にくるまれていたから、おまえのご両親はお金持ちなのよ。さっき、おまえが暖炉のすみっこにいるのを見たとき、ご両親がおまえを見つけたのかと思ったの。だからマチアを弟とかんちがいしたのよ」

そのとき、マチアが扉の前を通りかかりました。ぼくは彼を呼びました。

「マチア、両親がぼくを捜しているんだ。ぼくには家族がいるんだ。本当の家族だよ」

しかしおかしなことに、マチアはぼくのうれしさや興奮をともにわかち合ってはくれませんでした。そこでぼくはバルブラン母さんがしてくれたばかりの話を、マチアに聞かせたのでした。

古い家族と新しい家族

横になるとすぐに、ぼくは眠りに落ちました。今日一日いろいろなできごとがあったせいで、そして昨日の夜、牢屋で過ごしたせいで、疲れていたのです。けれど、すぐにハッと目がさめて、そうなるともう眠れなくなってしまいました。気持ちがザワザワして、興奮していたのです。

ぼくの家族！　家族がぼくを捜している。でも、家族を見つけるには、バルブランの力を借りなければなりません。つまりパリでバルブランを捜して、見つけるしかないということです。

バルブランはどこにいて、どこに泊まっているんだ？　母さんは正確な住所を知らないから、手紙を書くことはできません。でも、母さんが名前を覚えている、パリのムフタール通りの二、三の宿屋を捜せば、そのうちのどこかで見つかるでしょう。ぼくは自分でパリへ行って、ぼくのことを捜している男を見つけなければならないのです。

家族がいると聞いてぼくは思いがけず、とてもうれしかったけれど、このうれしさは、いろいろな状況を考え合わせると、混じりけのないものとはいえませんでした。

バルブラン母さんの家を出発して、ぼくは海の近くに住んでいるエチエネットに会いにいくはずでした。でも今は、その町に旅して、あんなにもぼくにやさしくしてくれて、かわいがってくれたエチエネットにキスすることはあきらめなければなりません。エチエネットに会ったあとには、ニエーヴル県のドルジーに行って、リーズに兄弟のニュースを伝えるはずだったけれど、リーズに会うのもとりやめです。ぼくはほとんど一晩中、いろいろと考えて混乱していました。

次の日の朝、バルブラン母さんとマチアとぼくの三人は暖炉のまわりで顔をそろえ、相談を始めました。ぼくはどうするべきか？

「すぐにパリに行くべきよ」とバルブラン母さんは言いました。

母さんはこの考えをいろいろな理由をつけながら説明したので、ぼくもそれがいちばんいいと思い始めました。けれどもマチアはこの考えに賛成せず、それどころか反対のようでした。

「新しい家族のせいで古い家族のことを忘れてはいけないと思う。今日まで、きみの家族はリーズやエチエネットやアレクシやバンジャマンだったよね。彼らはきみにとって姉妹や兄弟だったし、きみのことを愛してた。でも、ここに新しい家族が登場した。その家族のことをきみはよく知らないし、その家族はきみを通りに置き去りにする以外なにもしていない。なのにきみは突然、なにもしてくれていない家族のために、よくしてくれた家族を捨てようとしてる。そんなのひどいよ」

「レミのご両親がレミを置き去りにしたなんて決めつけてはダメよ」とバルブラン母さんがさえぎりました。「レミはさらわれたのかもしれないでしょ」

「そんなこと知らないよ。けど、おれはアキャン父さんがレミが木戸のところで死にかけているのを助けて、自分の子どものように世話したって知ってるよ。それにアレクシもバンジャマンもエチエネットもリーズもレミのことを本当の兄弟のように愛していたってね。アキャン父さんと子どもたちはレミを心から愛したんだよ。見返りを求めずに」

「マチアの言うことはもっともだと思う」とぼくは言いました。「ぼくだって、エチエネットやリーズに会わずにパリに行くと軽い気持ちで決めたわけじゃないんだ」

「それじゃ、ご両親はどうするの？」とバルブラン母さんは言いはりました。

「エチエネットには会いに行かないことにするよ」とぼくは言いました。「行けば、ものすごい回り道になるからね。それにエチエネットは読み書きができるから、ぼくたちが聞いたことを手紙で知らせることができる。でも、パリに行く前にリーズに会いに、ドルジーに行こうと思うんだ。リーズは手紙が書けないし、そもそもぼくがこの旅を計画したのはリーズのためだったんだしね。エチエネットにはドルジーにいるぼくに手紙を書くようにたのむよ。ぼくはリーズにアレクシのことを話して、エチエネットから届いた手紙をぼくがリーズに読んでやればいい」

「それがいいね」とマチアはにっこりして言いました。

ぼくたちは次の日に出発することになりました。ぼくはその日をエチエネットに長い手紙を書いて過ごし、彼女に会いにいけなくなったわけを説明しました。

翌日、またしてもぼくはさよならを言う悲しみに立ち向かうことになりました。でも、少なくとも、ヴィタリスとともにシャヴァノンを旅立ったときとは違います。ぼくはバルブラン母さんにキスをすることができたし、すぐにまた両親といっしょに会いにくると約束しました。

もし、ぼくたちが日々食べていくためのお金をかせがなくてもいいのだったら、マチアがどう思おうと道を急いだでしょう。けれど現実には、行く先々の大きな村で演奏をしなければなりませんでした。それに食べていくのとは別に、できるだけ多くかせがなければならない理由がありました。ぼくはリーズをバルブラン母さんのように喜ばせたかったのです。もちろん、ぼくは両親にもらう財産をリーズと分けるつもりでいました。でも、そうする前に、ぼくがお金持ちになる前に、ぼくはリーズに自分自身でかせいだお金でおくりものを買って、持っていきたかったのです。

そこでぼくたちは、途中の町で人形とままごと道具を買いました。幸いにもそれは、雌牛ほどは高くはありませんでした。

ドルジーに着いたときにはもうすっかり夜になっていました。リーズのおばさんの家に行くには、運河をたどっていきさえすればいいのです。カトリーヌおばさんのだんなさんは水門管理人で、番をしている水門の近くにある家に住んでいました。家は村はずれの野原にありました。家に近づくと、ぼくの胸はドキドキしてきました。

家の近くに行くと、扉も窓も閉まっていました。けれども窓には雨戸もカーテンもなくて、リーズがおばさんのそばにすわっているのが見えました。

ぼくはなにも言わずにハープのひもを肩からはずして、演奏の準備を始めました。

ぼくは以前よく歌っていたナポリ民謡の出だしのところをハープで弾きました。演奏しながらリーズを見ていると、彼女はさっと顔を上げて、目を輝かしました。ぼくは歌いました。リーズは椅子から床に飛びおり、扉のほうにかけてきました。ぼくがマチアにハープをわたすかわたさないかのうちに、リーズはぼくの腕に飛び込みました。

家の人はぼくたちを家の中に招き入れました。カトリーヌおばさんはぼくにキスをし、ふたり分の食器をテーブルに並べました。でもぼくは、もう一組食器を出してくれるようにたのみました。

「この小さな友だちも連れてきているものですから」

そしてかばんから人形を取り出し、リーズのとなりの椅子にすわらせました。リーズがぼくを見つめたまなざしをぼくはけっして忘れなかったし、今でも思い浮かべることができるのです。

再びパリへ

リーズとこの地方に別れを告げて、旅に出るときが来ました。

「お金持ちになったら、きみを四頭立ての馬車で迎えにくるよ」とぼくはリーズに言いました。

パリに近づくにつれ、マチアは少しずつゆううつそうになっていきました。そして、だまりこくったまま何時間もずっと歩き続けることが多くなりました。マチアは沈んでいるわけを話そうとしなかったけれど、ぼくは別れがつらいのだろうと思い込んでいました。

パリに着く前、昼ごはんのパンを食べようと石に腰かけていたときに、マチアは心配ごとを口にしました。

「パリに入るとなると、おれがだれのことを考えてるかわかる？　ガロフォリだよ。もしあいつが牢屋から出てきてたら？　バルブランを探しにいくムフタール通りはあの家のすぐ近くにあるんだよ。もし偶然出くわしたらどうなる？　やつはおれの元締めで、おじでもある。だからおれを連れ戻すことができるんだ。逃げられっこないよ」

「きみはどうしたい？」とぼくはききました。「パリに行きたくない？」

「ムフタール通りに近づかなければ、ガロフォリに出くわすこともないと思う」

「じゃあ、ムフタール通りにはぼくひとりで行くよ。夜、七時にどこかで会おう」

ぼくたちはノートルダム寺院の近くのアルシュヴェシェ橋で落ち合うことにしました。

イタリー広場でぼくらは別れました。マチアとカピは植物園のほうに行き、ぼくはそこから遠くないムフタール通りを目指しました。この半年の間で、マチアもカピもそばにいず、たったひとりになったのは初めてのことでした。この大きなパリという街でぼくはたまらない気持ちになりました。

けれどもぼくは弱気と闘いました。ぼくはバルブランを見つけ出して、やつから家族のことを聞き出さなければならないのですから。

ぼくはバルブランがいそうな三軒の宿の名前と住所を紙に書きとめておきました。

三軒目のショピネ荘に行くと、バルブランはオステルリッツ小路のホテル・カンタルにいるはずだと言われました。

ぼくはお礼を言って、外に出ました。でも、オステルリッツ小路に行く前に、マチアのためにガロフォリのことを探っておこうと思いました。

ぼくはまさにルールシヌ通りの近くにいて、少し歩いただけでヴィタリスといっしょにたずねたあの家を見つけることができました。

「ガロフォリさんは戻ってきましたか？」とぼくはそこにいたおじいさんにききました。

「それともあの人はまだ『あそこ』にいるんですか？」

「ああ、まだ戻ってないよ」とおじいさん。

「いつ帰ってくるか知ってますか？」

「三か月後だ」

ガロフォリはまだ三か月は牢屋にいるのです。マチアはほっとできます。三か月あれば、ぼくの両親は恐ろしい元締めから、おいを救い出す方法を見つけてくれるでしょう。

ぼくはバルブランを捜しにホテル・カンタルに向かいました。そこはホテルという名はついているものの、実際にはこぎたない安宿でした。その宿をやっているのは、頭をふらふらとゆらした、耳の遠いおばあさんでした。

質問をすると、おばあさんは手をらっぱの形にして耳に当て、質問をくり返すように言いました。

「バルブラン、シャヴァノンのバルブランを捜しているんです。ここに泊まってるんですよね？」

「ああ！」と彼女は言いました。「あんたがあの男の子なんだね？」

「どの男の子？」

「バルブランが捜してた子だよ。死んだバルブランが、と言わなくちゃなるまいね」とおばあさん。

ぼくはふらついて、ハープで体を支えました。

「死んだんですか？」

「一週間前に、サンタントワーヌ病院でね」

ぼくはぼう然としていました。バルブランは死んだ！　どうやって家族を見つければいいんだ？

どこに捜しにいけばいいんだ？

「じゃあ、あんたがあの男の子なんだね？」とおばあさんは続けました。「金持ちの家族に返すんだと、ずっと捜していた」

「あなたは知ってるんですか……？」とぼくは言いました。

「あの男が話してたことは知っているよ。あの男が拾って、育てた子どもを、今になって家族が取り戻そうとしているってこと、捜しにパリに来てるってことをね」

「ぼくの家族？　お願いですから、知っていることを話してください」

「でも、あたしはそれよりほかになにも知らないんだよ、ぼうや、いえ、ぼっちゃまと言わないといけないのかね。バルブランはなにも言わなかったんだよ、わかるだろ。あの男は秘密にしておいて、あんたが見つかったときのお礼をひとりじめしたがってた。抜け目がなかったからね」

ああ、バルブランはぼくの生まれの秘密をかかえ込んだまま死んでしまったのです。

「じゃあ、ぼくの家族がバルブランを探しにきたのを見かけませんでしたか？」

「いいや」

ぼくは頭をかかえてしまいました。でも、いくら考えても、いい方法は思い浮かびません。ぼくはお礼を言って、扉のほうへ向かいました。

「で、どこへ行くんだね？」とおばあさんはたずねました。

「友だちと待ち合わせてるんです」

「宿が決まってないんだったら、ここに泊まるといいよ。知ってのとおり、ここはまっとうな宿なんだから。もしあんたの家族が捜していて、バルブランがなにも言ってこないのにしびれを切らして、たずねてくるとしたらここしかないだろ」

七時少し前にアルシュヴェシェ橋にいると、マチアがやってきました。

「どうだった？」とマチアは遠くからさけびました。

「バルブランは死んだんだ」とぼくもマチアにさけび返します。

マチアはぼくのところにできるだけ早く来ようと、走り出しました。ぼくは手短に自分がしたこと、知ったことを話しました。

マチアが見せた悲しそうな表情は、ぼくの心をなぐさめました。家族がマチアとぼくを引きはなすかもしれないと心配はしていても、ぼくが家族を見つけることを心から望んでくれているのです。

マチアはやさしい言葉でぼくをなぐさめ、希望を失わないことが大事だと話しました。

「きみの両親はバルブランからなにも言ってこなければ心配するだろ。そして彼の居場所を探して、ホテル・カンタルにたどり着くに決まってる。だからホテル・カンタルに行こう」

ぼくも少し冷静になって、ガロフォリについてわかったことをマチアに話しました。

「まだ三か月も！」とマチアはさけび、通りのまんなかでダンスのステップを踏んで、歌いました。

川岸を通って、ぼくたちはオステルリッツ小路に戻りました。

ホテル・カンタルはまっとうだとしても、きれいな宿とはいえず、ぼくたちは、ぼんやりとしたろうそくに照らされた屋根裏部屋に通されました。ひとりがベッドにすわっていると、もうひとりは立っていなければならないほど狭い部屋で、今晩泊まろうと思っていたのは、こんな部屋じゃないのにと思わずにはいられませんでした。でも、すべてが失われたわけではありません。待つしかないのです。こんなことを考えながら、ぼくは眠りにつきました。

手がかりを追いかけて

次の日の朝、ぼくはバルブラン母さんにわかったことを知らせる手紙を書きました。

それが終わると、ぼくはアキャン父さんへの義務も果たさなければなりませんでした。それもまたつらい仕事でした。ドルジーではリーズに、パリへ行ったらまっ先に牢屋にいるアキャン父さんに会って、もし両親が思っているとおりお金持ちだったら、アキャン父さんに必要なだけのお金を払ってもらって、牢屋から連れ出してくると言ったからです。手ぶらで牢屋に行って、アキャン父さんに再会するとは、なんと残念なことか。

「ああ、レミ！」とアキャン父さんはぼくにキスをしながら言いました。

すぐにぼくは、リーズとアレクシのことを話しました。それからエチエネットの家に行けなくなったわけを説明しようとしました。彼はぼくの話をさえぎりました。

「で、おまえの両親は？」と彼はききました。

「知ってるの？」

アキャン父さんは、二週間前にバルブランがたずねてきた、ぼくについての手がかりをたどってここにたどり着いたようだと話しました。

「バルブランは死んだんです」とぼくは言いました。

「なんと運が悪い！」

「バルブランはぼくの家族についてなにか話してましたか？」とぼくはききました。

「いや、なにも」

ぼくたちは自分たちがしてきたことを話しました。アキャン父さんは、いろいろと根拠をあげてぼくたちを励ましてくれました。

「おまえの両親はシャヴァノンでバルブランを見つけることができて、バルブランは牢屋にいるがロフォリやわたしを見つけることができたんだ。ご両親はおまえをホテル・カンタルで見つけてくれるよ。そのままそこにいなさい」

この言葉はぼくをなぐさめ、ぼくは明るい気持ちになりました。残りの時間、ぼくたちはリーズやアレクシのことや、ぼくが炭坑で生き埋めになった話をしました。

「なんと恐ろしい仕事なんだ！　かわいそうなアレクシ。やつは花を作っていたほうがずっと幸せだったろうな」とアキャン父さんは言いました。

「またそうなりますよ」とぼくは言いました。

「神さまがおまえの言うことを聞いていてくれたらいいな、レミ」

それから三日間はなにごともなく過ぎました。けれども、四日目に宿のおばあさんはぼくに手紙を渡しました。

その手紙はバルブラン母さんの返事、正確に言えばバルブラン母さんがだれかに書いてもらった返事でした。母さんは読み書きができなかったからです。

母さんは、夫が死んだことをもう知っていました。少し前、彼女はバルブランから手紙を受け取っていて、その手紙が同封されていました。手紙にはぼくの家族についての情報が書いてあって、ぼくの役に立つだろうからというのです。

手紙を開けようとして、ぼくの手はふるえ、心臓がギュッとしめつけられました。

【愛する妻へ
おれは入院している。病気がひどくて、もう助かりそうもない。急ぎの用件がある。もしおれが助からなかったら、ロンドンのグリーン・スクエアのリンカーンズ・インにあるグレス・アンド・ギャレーに手紙を書け。そこはレミを捜している法律事務所だ。おまえだけがあの子に関する情報を提供できると言って、情報に金を払わせて、その金で老後を幸せに暮らせ。レミがどうしているかは、パリのクリシー刑務所にいる、アキャンという名前の年とった花作りの男に手紙を書けばわかる。司祭に手紙を書いてもらって、ほかのだれも信用するな。おれが死んだとわかるまでは、なにも始めるな。

最後のキスを送る。　バルブラン】

ぼくが手紙の最後の言葉を読み終わらないうちに、マチアは飛び上がりました。

「ロンドンへ行こう！」と彼はさけびました。

ぼくは手紙を読んだばかりで、とてもびっくりしていて、マチアがなにを言っているのかさっぱりわかりませんでした。

「バルブランの手紙に、イギリスの弁護士がきみを見つける手伝いをしていると書いてあっただろ。ということは、きみの両親はイギリス人ってことだね。イギリスに行かなくっちゃ。きみの両親を見つけるのにいちばんいい方法だよ」

「きみはロンドンに行ったことがないだろ？」

「行ったことがないのは知ってるだろ。でも、サーカスにいたとき、イギリス人のピエロがふたりいたんだ。その人たちはよくロンドンのことを話していて、サーカスのおかみさんに話を聞かれてもわからないようにと、英語を教えてくれたんだよ。おれがロンドンを案内するよ」

「行こう」とぼくは言いました。

二分後にはぼくたちはかばんに荷物をつめ、出発の準備をととのえて下におりていました。宿代を払うと、ぼくはマチアとカピが待っている通りに出ました。

パリから港町のブーローニュへは八日間かかりました。興行をして、資金を増やそうと、途中の大きな町に滞在したからです。ブーローニュに着いたときには、さいふにはまだ三十二フランありました。これなら渡航の費用を払っても十分にやっていけます。

ロンドン行きの船は、翌日の朝四時に出発します。三時半になるとぼくたちは船にのって、しめった冷たい北風をよけようと、大きな箱が集められているところに身をかくし、少しでも居心地がよくなるよう陣取りました。さあ、ぼくの国への船出です。

船がゆれるせいでマチアは船酔いし、つらい思いをしましたが、船はようやくテムズ川に入っていきました。

ついに船の速度がゆっくりになり、エンジンがとまり、岸に向かってロープが投げられました。ぼくたちはロンドンに着いたのです。ぼくたちはこちらを見ている人たち、けれど言葉をかけようとしない人たちのまんなかにおり立ちました。

「さあ、きみの英語が役に立つときが来たよ、マチア」

マチアは赤毛のひげがある太った男の人に近づいて、礼儀正しく帽子をとって、グリーン・スクエアへの道をききました。マチアはその人に説明するのに、少し時間がかかっているように思えたし、その人は何度も同じ単語をくり返させているようでしたが、ぼくは親友の能力を疑うようなそぶりは見せませんでした。マチアは戻ってきました。

「簡単だよ」と彼は言いました。「テムズ川にそって歩けばいいんだ」

けれどもロンドンには川岸の歩道というものがありません。いや、その当時はなくて、家は川まで迫ってきていました。そこでぼくたちは、川にそっていると思える道をたどっていかなければなりませんでした。

通りは暗く、泥だらけで、馬車で渋滞し、そこらじゅうが箱や袋や荷物であふれかえっていて、あとからあとからあらわれるじゃまなものの間をすり抜けていくのは大変でした。ぼくはカピにひもをつけて、すぐ近くを歩かせました。午後一時ごろでしたが、店にはガス灯がともされていました。

ぼくたちは歩き続け、ときどきマチアは、リンカーンズ・インはまだ遠いのかと人にたずねました。やがて、横にふたつの小さな出入り口があるアーチが通りをまたいでいるところに、つきあたりました。テンプル・バーという門でした。もう一度道をたずねると、右に曲がるように言われました。

もうそこは交通の行き来が多い、騒々しい通りではなく、細く、小さな通りでした。通りはたがいに入り組んでいて、迷路の中にいるように、同じところをどうどうめぐりして、先に進んでいないように感じられるのでした。道に迷ったかなと思い始めたとき、突然、お墓がいっぱいある小さな墓地の前に出ました。ここがグリーン・スクエアでした。

通りかかった人にマチアが道をたずねている間、ぼくは立ち止まって、胸がドキドキするのをおさえようとしていました。息がつまって、ふるえていました。

ぼくはマチアについていき、『グレス・アンド・ギャレー』と書かれた銅製の表札の前で立ち止まりました。マチアは呼び鈴のひもを引こうと踏み出しましたが、ぼくは彼の腕を押さえました。

「どうしたんだ？」とマチアは言いました。「顔がまっ青だ！」

「ちょっと待って。勇気をかき集めるから」

マチアは呼び鈴を鳴らして、ぼくたちは入っていきました。

ぼくは動転して、まわりがきちんと見えなくなっていました。そこは事務所で、音をたてているガス灯のあかりのもと、二、三人の人が机にかがみ込んで、なにかを書いているようでした。マチアはその人たちのうちのひとりと話をしました。会話の中でマチアは何度か「ファミリー」「ボーイ」「バルブラン」といった単語を口にしていて、ぼくこそが、家族がバルブランに捜すようたのんだ男の子だと説明しているのがわかりました。バルブランという名前には効果があって、そこにいる人たちはぼくたちのことを見て、マチアが話しかけた人が立ち上がって、扉を開けました。

ぼくたちは本や書類でいっぱいの部屋に通されました。机にすわっていたひとりの紳士と、法廷用の服とかつらを身につけ、青い袋を手にしたもうひとりの紳士が、話し合っていました。ぼくたちを連れてきた男が説明すると、ふたりの紳士はぼくたちを頭のてっぺんからつま先までながめ回しました。

「どちらがバルブランが育てた子かね？」と机にすわった紳士がフランス語で言いました。

フランス語が話されるのを聞いて、ぼくは安心して、前に進み出ました。

「ぼくです」

「バルブランはどこにいるんだ？」

「彼は死にました」

ふたりの紳士は少しの間顔を見合わせていました。そしてかつらをかぶった紳士が袋を持って部屋を出ていきました。

「さて、きみはどうやってここまで来たのかね？」と紳士がききました。

「ブーローニュまでは歩きで、ブーローニュからロンドンまでは船で来ました。ぼくたちは上陸したばかりなんです」

「バルブランはきみにお金を渡していたかね？」

「バルブランに会ってはいません」

「では、どうやってここに来ればいいとわかったの？」

ぼくはなるべく手短に説明しました。

ぼくはバルブランに育てられたこと、ヴィタリス親方に売られたこと、親方が死んで、アキャン一家に助けてもらったこと、アキャン父さんが借金のせいで牢屋に入れられて、以前のように路上音楽師の生活に戻ったことを話しました。

ぼくが話していると、紳士はメモをとり、ぼくの顔をじろじろと見ました。彼はむずかしい顔をしていて、ほほえみにはどこかずるがしこそうなところがありました。

そしてとうとう、この会話が始まったときから、したい、したいと胸につかえていた質問をするときが来ました。

「ぼくの家族は、イギリスに住んでいるのですか？」

「そうだ、少なくとも今この時にはロンドンにいる」

「会えますか？」

「もう少ししたら、家族のところへ行ける。案内させよう」

彼は呼び鈴を鳴らしました。

「もうひとつだけ。ぼくには父親がいますか？」

この言葉を口に出すのは、苦痛をともないました。

「父親だけじゃなくて、母親も兄弟姉妹もいるよ」

しかし扉が開いて、ぼくの感動には横やりが入りました。ぼくは涙いっぱいの目でマチアを見ることしかできませんでした。紳士は入ってきた人に英語でなにか話し、ぼくらを案内するように言ったとわかりました。

「ああ、忘れていた」と紳士は言いました。「きみの名はドリスコル。きみの父親の名字だ」

彼の感じの悪い顔つきにもかかわらず、もし時間があったら、ぼくは紳士の首に飛びついたでしょう。けれども紳士はもう手で扉を指し示していて、ぼくたちは出ていきました。

ロンドンの家族

　ぼくを両親のところへ案内してくれた書記は、しなびて、しわだらけの小柄な老人で、すり切れてテカッた黒い服と白いネクタイを身につけていました。

　馬車で混み合う大通りに出ると、書記は通りかかった一台の馬車をとめました。書記はぼくたちを馬車にのり込ませました。その馬車は前のほうが吹きさらしで、幌についている小さなのぞき窓を通して、彼は御者と話し始めました。ベスナル・グリーンという地名が何度も口にのぼり、ぼくはそこが両親が住んでいる場所なのだと想像しました。英語で「グリーン」というのは「緑」という意味なので、その地区はきれいな木がたくさん植わっているのだと思うとうれしくなります。これまでぼくたちが通ってきたような、薄暗く、悲しげで、うらぶれた通りとはまったく別物なはずです。きっと木にぐるっと囲まれた大きな庭に、すてきな家が建っているに違いありません。

　馬車は大通りをかなりの速度で走り抜け、次に狭い通りを、そしてまた大通りをと走り抜けました。

馬車はひたすら走り続けました。グレス・アンド・ギャレー事務所を出てから、もうすでにだいぶ時間がたっていました。ということは、両親は郊外に住んでいるんだろうとぼくは思いました。まもなく馬車は狭い通りを抜けて、野原に出るのでしょう。

ぼくはマチアにたのんで、案内人に両親の家にはまだ着かないのかたずねてもらいました。マチアが聞いた答えはひどいものでした。グレス・アンド・ギャレーの書記は、「わしは、こんなどろぼう街に来たことはない」と言ったというのです。たぶんマチアが聞きまちがえたか、答えを聞きとれなかったのでしょう。しかしマチアは、書記が使った「シーヴズ」という英語の言葉は、フランス語ではどろぼうという意味だ、それは確かだと主張しました。

そのうちに会話、というより口論が始まりました。マチアが言うには、御者は道がわからないから、もうこれ以上行くのはイヤだと言っているようです。

書記はぶつぶつ言う御者にお金を払い、馬車をおりました。ぼくたちもおりなければならないのは明らかでした。

ぼくたちは案内役のうしろについて歩き始めました。

どこへ行くんだろう？　ぼくは心配になって、ときどきマチアのほうを見ました。

通りから裏道を抜け、路地を抜け、また裏道を抜けました。そのあたりの家は、フランスの貧しい村の家よりもっとみじめな様子をしていて、納屋や家畜小屋のようにペラペラの板で造られていて、それでも家であることには違いないといった感じでした。

　案内役はまもなく立ち止まってしまいました。きっと道に迷ったのでしょう。けれどそのとき、青いフロックコートを着て、エナメル革のかざりのついた帽子をかぶった男がやってきました。そで口には黒と白のかざりひもがついていて、ベルトには銃を入れる鞘がつるしてありました。この人は警官、「ポリスマン」なのです。

　やりとりのあと、ポリスマンのあとについて、ぼくたちは裏道や路地や曲がりくねった道を歩いていきました。そこかしこにある家はくずれ落ちているように、ぼくには思えました。

　そしてぼくたちは、とある路地に着きました。

「レッド・ライオン・コート」とポリスマンは言いました。この言葉はもう何度も聞いていて、「赤いライオンの路地だよ」とマチアが意味を教えてくれました。

　ここがベスナル・グリーンだなんてありえない。この路地にぼくの両親は住んでいるのでしょうか？　でも……。ポリスマンは一軒の板でできた納屋のような家の扉をノックしました。案内役はお礼を言いました。目的地に到着したということなのでしょうか？

　ぼくの手をはなさずにいたマチアは、ギュッと力を込め、ぼくもにぎり返しました。ぼくたちはたがいにわかり合っていて、ぼくと同じ不安を彼もいだいていたのです。

ぼくはあまりにも動揺していたので、ポリスマンがノックした扉がどんなふうに開けられたのか、まったくといっていいほど覚えていないのです。しかし、ランプと石炭の火に照らされた大きな部屋に入ったあとのことははっきりと思い出せます。

火の前には、わらでできたひじかけ椅子があって、おじいさんが銅像のように動かずにすわっていました。テーブルごしに向かい合って、男の人と女の人がすわっていました。男の人は四十歳くらいで、灰色のビロードの服を着て、頭がよさそうだけど、冷たそうな顔つきをしていました。女の人は男の人より五、六歳若くて、金髪を、胸に巻きつけた黒と白のチェックのショールの上にたらしていました。その目はうつろで、かつては美しかったであろう顔にも、のっそりとした動作にも、無関心と無気力が感じられました。部屋には子どもが四人いて、ふたりは男の子で、ふたりは女の子でした。みな髪は金髪で、母親と同じ亜麻色です。いちばん年上の男の子は十一歳か十二歳くらい、いちばん下の女の子は三歳くらいで、床をはっていました。

これだけのことをぼくは、案内人の書記が話を終える前に見てとりました。

書記はなにを話したのでしょう？　ぼくにはほとんど聞きとれなかったし、まったくわかりませんでした。ドリスコルという名前、ぼくの名前が書記の口にのぼり、耳に残りました。

全員の目が、あの動かないおじいさんの目でさえもマチアとぼくに注がれました。ただ小さな女の子の目だけはカピにくぎづけでしたが。

「ふたりのうち、どちらがレミかね？」と灰色のビロードの上下を着た男がフランス語でたずねました。

「ぼくです」

「さあ、お父さんにキスしておくれ」

ぼくはずっとこの瞬間を想像していて、きっと父親の腕に飛び込みたい衝動にかられるのだろうと思っていました。でも、いざその場面になると、まったく飛び込む気持ちにならないのです。それでもぼくは歩み寄って、父親にキスをしました。

「次は」と父親は言いました。「おまえのおじいさんと、お母さんと、兄弟姉妹に」

まず母親のところに行き、だきしめました。母はぼくにキスをさせたものの、自分からはしてくれず、ただ二言、三言声をかけましたが、ぼくにはわかりませんでした。

「おじいさんと握手をしてくれ」と父親が言いました。「そっとな。おじいさんは体がきかないんだ」

ぼくは兄弟や上の女の子とも握手をしました。下の女の子をだっこしたかったけれど、彼女はカピをかまうのに夢中で、ぼくは押しのけられてしまいました。

　こんなふうに次から次へとあいさつをしながら、ぼくは自分自身に対していきどおっていました。やっと家族にめぐり会えたというのに、うれしくないなんて。ぼくには父親も母親も兄弟姉妹もいます。祖父もいます。でも、みんなといっしょにいられるというのに、ぼくの心は冷えきったままです。これまでぼくはこの瞬間を今か今かと待っていました。家族がいて、愛する両親がいて、愛してくれていると考えると、喜びで気がおかしくなりそうでした。それなのに、とまどいながら彼らをもの珍しげに観察しているだけで、彼らにかけるやさしい言葉ひとつ浮かばない。ぼくには家族を持つ資格はないのだろうか？

　もし両親がボロ屋でなく、宮殿に住んでいたら、あたたかい気持ちになったのかも、とも思いました。さっきまでまだ見ぬ父親と母親にいだいていたような気持ち、今、現に目の前にいる父と母に感じることがない気持ちを。こう考えると、ぼくは恥ずかしさで息がつまりそうになりました。母親のほうを向くと、もう一度腕にだいて、くちびるにキスをしました。なぜぼくが急にこんなふうに感情をあらわしたのか、母にはわからなかったに違いありません。キスを返すかわりにぼくをボーッと見て、夫のほうを向くと、そっと肩をすくめ、ぼくが理解できない言葉でなにか言い、父親は笑いました。あまりの無関心さに、ぼくの心はしめつけられ、打ちくだかれました。ぼくが愛情をあらわしたのに、受けた側ではなにも感じていないのです。

「で、この子はだれだ？」と父親はマチアを指してたずねました。

ぼくはマチアとの関係を話しました。

「それからバルブランは？　どうして来なかったんだ？」

ぼくはバルブランが死んだことを説明しました。

「それにしてもおまえは、どうしてわたしたちが十三年もの間、おまえを捜そうとしなかったか、急にバルブランを見つけようと思ったのか、さぞや不思議だろうね？」

「ええ、なぜなんですか？」

「おまえはうちの長男なんだ」と父親は言いました。「わたしが母さんと結婚して、一年後に生まれたんだよ。わたしたちが結婚したとき、もうひとり、わたしの妻になれると思い込んでいた若い娘がいたんだ。その娘は母さんのことをライバル視して憎むようになった。そして復讐しようと、おまえが六か月になったとき、さらってフランスへ連れていって、パリの道ばたに置き去りにしたんだ。わたしたちはけん命に捜したけど、パリまでは足をのばさなかった。まさかそんな遠いところにいるなんて、思いもしなかったからね。捜しても見つからないから、おまえは死んでしまって、もう会えることはないんだと思ってた。ところが三か月前のこと、その女が重い病にかかって、死ぬ前に真実を打ち明けたんだ。すぐにわたしはフランスに向かったんだ。バルブランから、おまえを路上音楽師のヴィタリスに貸した、おまえはフランスじゅうを回ってると聞いたよ。フランスにずっと残っているわけにはいかないから、バルブランにたのんで、パリに行ってもらった。そして弁護士のグレスさんとギャレーさんにも、この件を知らせてくれと言ったんだ。わたしがここの住所を伝えてなかったのは、ロンドンには冬の間しか住んでいないからだ。気候のいいときは、一家で馬車にのって、イングランドやスコットランドじゅうを回って、行商をしているからな。さて、こうしておまえは見つかって、十三年もたってから家族の中に自分の居場所を取り戻したというわけだ。おまえが少しばかり警戒する気持ちもわかる。なにしろおまえはわたしたちを知らないんだし、わたしたちが話していることがわからないし、自分の言いたいことも言えないんだからな。けど、すぐに慣れるよ」

そう、きっとぼくはすぐに慣れるでしょう。ぼくは家族の中にいて、父親、母親、兄弟姉妹と暮らすのですから、慣れるのが当たり前ではないでしょうか？

ぼくが父親の話を聞いている間、テーブルにはごはんのしたくがされていました。青い花柄のお皿が並んで、金属の大皿には大きな牛肉のかたまりが置かれ、まわりにつけ合わせのジャガイモが並んでいました。

「腹がへったろう？」と父親はマチアとぼくにききました。「さあ、テーブルにつこう」と父親は言いました。

すわる前に、彼は祖父の椅子をテーブルのところに運びました。それから暖炉に背中を向けてすわり、ローストビーフを切り、めいめいにおいしそうな肉とジャガイモを分けてくれました。

ぼくは礼儀をきびしくしつけられたわけではないし、正直に言えば、まったくしつけられていなかったようなものなのですが、ぼくの兄弟も姉妹も手を使って肉を食べ、指をソースにつけてなめていて、父親も母親も知らん顔をしていることに気づきました。祖父はというと自分の皿だけを見て、動くほうの手を使って皿から口に肉を運んでいました。ときどき手がふるえて肉を落とすと、兄弟たちはバカにするのでした。

夕はんは終わり、暖炉の前で夕べを過ごすと思いきや、父親は、友だちが来るから、ぼくたちはベッドに行くようにと言いました。そしてろうそくを手にして、食事をした部屋のとなりにある納屋にぼくたちを連れていきました。そこには普段、行商に使われている大きな馬車が二台置いてありました。馬車の扉のひとつを父親が開けると、二段ベッドが見えました。

「ここがベッドだよ」と彼は言いました。「おやすみ」

こうしてぼくは家族に迎えられたのでした――ドリスコルの家族に。

夜ふけのあやしい取り引き

父親は家に戻っていき、ろうそくは残しておいてくれたものの、馬車の扉に外から鍵をかけていってしまいました。こうなると寝るよりほかありません。ぼくたちはすぐに横になりました。

「おやすみ、レミ」とマチアは言いました。

「おやすみ、マチア」

ろうそくを消しても眠れそうにないので、ぼくは今日あったことを全部思い返して、狭い寝床の中で、何度も寝返りを打っていました。

頭の中でいろいろと思いめぐらしていると、ぼくの上のベッドで寝ているマチアがゴソゴソ動いて、寝返りを打ちました。ぼくと同じように眠れないのだなとわかりました。

時間はどんどんたっていくけれど、近くに時計台がないので、どのくらいの時間が過ぎたのかはわかりません。突然、納屋の扉のあたりで大きな音がしました。どうやら路地とは反対側の扉が開いているようです。そしてコンコンと規則的にたたく音がして、かすかな光が馬車の中にさし込ん

できました。

びっくりして、ぼくはキョロキョロまわりを見回しました。ぼくによりそって寝ていたカピは、目をさましてうなり声をあげました。この光はぼくたちのベッドがある馬車の小さな窓から入ってくるのでした。窓の内側にはカーテンがかかっていたから、寝たときにはその窓に気がつかなかったのです。カピが家じゅうの人を起こしてしまうといけないので、ぼくは手でカピの口を押さえて、外をのぞきました。

父親が納屋に来て、すばやく音をたてないよう、通りに面した扉を開けました。するとふたりの男が入ってきて、父親は同じようにさっと静かに閉めました。男たちは肩に重そうな荷物をかついでいました。父親はくちびるに指を当て、もう一方の手でおおいのついたランプを持ち、ぼくたちが寝ている馬車を指しました。音をたてるな、ぼくたちの目をさまさせるな、という意味です。

父親はふたりの男が荷物をほどくのを手伝うといったんいなくなり、すぐ母親といっしょに戻ってきました。父親がいない間、男たちは包みを開けていました。ひとつは布でいっぱいで、別の包みにはニット製品、セーター、パンツ、靴下、手袋が入っていました。あ、この人たちは両親に品物を売りにきたんだなとわかりました。父親は品物を手にとると、ランプのあかりにかざして点検して、母親に渡しました。母親は小さなはさみで品物のラベルを切り取って、ポケットに入れていました。

なんでこんなことをするんだろう？　それに品物をこんな夜ふけに買うのも、ヘンとしか言いようがありません。ずっとこんなふうに作業が行われて、父親は荷物を持ってきた男たちと小さな声で話していました。もしぼくが英語を知っていたら、会話の中身がわかったかもしれません。けれど、理解できない言葉は聞きとりにくいものです。ただ「ボブ」「ポリスマン」という言葉が何度もくり返されて、耳に残りました。

両親とふたりの男は納屋を出て、家に入っていきました。あたりはまた暗くなりました。彼らはお金のやりとりをしているに違いありません。

ぼくは、今見たことはまったく当たり前のことなのだと思おうとしました。でも、いくらいいほうに考えても、自分を納得させることはできませんでした。なぜあの人たちは、路地の側から家に入ってこなかったのか。なぜ聞かれるのを恐れているかのように、ひそひそ声で警官のことを話していたのか。なぜ母親は買ったもののラベルを切り取ったのか？

こんなふうに疑問に思い始めると、ぼくは眠ることができなくなりました。しばらくたつと、またあかりが馬車の中にさし込んできて、ぼくはカーテンのすき間から外をのぞきました。

父親と母親のふたりでした。母親は運ばれてきた品物を手早くふたつの荷にまとめ、父親は納屋のすみをほうきではきました。サラサラした砂をザッとどけると、揚げ蓋があらわれました。父親は蓋を持ち上げ、母親がひもをかけた荷物を下におろしました。深くてよく見えなかったけれど、そこは地下室になっているようでした。作業の間、母親はランプで地下室を照らしていました。ふたつの荷をおろすと、父親は上がってきて、蓋を閉め、どけた砂をもとに戻しました。砂をかけると、揚げ蓋がどこにあるのかわからなくなりました。ふたりは砂の上に、納屋じゅうに散らばっているわらくずをまき、出ていきました。

両親が家の扉をそっと閉めると、マチアがベッドの中でゴソゴソと身動きをして、枕の上に頭をのせ直した気配がしました。今あったことを見ていたのでしょうか?

ぼくはそのまま一晩を過ごしました。近所でニワトリが鳴き、朝が近いと告げたころ、やっとうとうとしましたが、重く、熱っぽく、息がつまるような悪夢にうなされました。

錠の音でぼくは目がさめました。馬車の扉が開きました。

マチアとぼくは外に出て、公園に行きました。

「ぼくがきみを愛しているってわかってるよね、マチア」とぼくは言いました。「両親の家にいっしょに来てほしいと言ったのは、友情のためだって知ってるよね。だからぼくがどんなことをたのんでも、ぼくの友情を疑わないよね」

そしてぼくはマチアの胸に身を投げ、泣き出しました。すすり泣きがおさまると、ぼくは落ち着こうとしました。この公園にマチアを連れてきたのは、同情してもらうためじゃない。ぼくのためではなく、マチアのために来たのです。

「マチア」とぼくは言いました。「きみはフランスへ帰らなくちゃいけない」

「きみと別れるのは絶対にイヤだ！」

「きみがそう答えるだろうってことはわかってた。きみがぼくを見捨てるもんかって言ってくれて、うれしい、すごくうれしいよ。でも、ぼくを置いて、フランスか、イタリアか、きみの好きなところに帰らなくちゃ。イギリスにいさえしなければ、どこでもいい」

「で、きみはどこへ行くつもりだ？　いっしょにどこに行くのがいい？」

「ぼくは、ここ、ロンドンにいるよ。家族といっしょにね。両親のそばにいるのはぼくの義務だろう？　さあ、残ったお金はあげるから、出発して」

「そんなこと言うなよ、レミ。行かなくちゃならないとしたら、それはレミだよ」

「どうして？」

「だって……」

「マチア、正直に答えて。昨日の夜、寝てなかったんだね？　見たんだね？」

彼は目を落とし、低い声で答えました。

「おれは眠ってなかったんだ」と彼は言いました。

「意味がわかった？」

「あいつらが売ってた品物は、買って仕入れたものじゃないよ。きみの父さんは、あいつらが家の扉じゃなくて、納屋の扉をたたいたとき文句を言ったら、あいつらは『ボブ』が見張ってるって答えてたもの。『ボブ』って『ポリスマン』ってことなんだ」

「ほら、だからきみはここを出ていったほうがいいんだ」とぼくは言いました。

「ぼくが出ていくんだったら、きみも出ていかなくちゃ」

「聞いて。これ以上ぼくを悲しませないで。もしパリでぼくたちがガロフォリに見つかって、やつがきみを取り戻したとしたら、きみはぼくもいっしょに残ったほうがいいとは思わないだろ。今ぼくがきみに言ってるのと同じようなことを言うだろ」

マチアは答えませんでした。少し考えて、彼は話し始めました。

「きみは、おれが買ってもいない品物のラベルを切るようになったらって、心配してるんだろ」

「ああ、マチア、言わないでよ！」

「きみはおれのことを心配しているけど」とマチアは続けました。「おれだってきみのことを心配してる。いっしょにここを出て、フランスに帰ろうよ」

「そんなことできないよ！　両親はきみにとっては何者でもないし、きみにはなんの義務もないけど、ぼくにとってはあんなでもやっぱり両親だ。ぼくはいっしょに暮らさなきゃならない」

「あいつらが本当の両親なら義務があるよ。でも、もし、あの人たちがじいさんでも父さんでも母さんでもなかったら？　やっぱりうやまって、愛さなければならないのかい？」

「ぼくの父の話を聞いてなかったのか？」

「あんな話が証拠になるもんか。あの人たちは、きみと同い年の子どもをなくした。その子を捜したら、なくした子と同じ年の子を見つけた。それだけじゃないか。それにきみはお父さんともお母さんとも似てないじゃないか。きみの髪は金髪じゃない。兄弟姉妹はみんな金髪なのに。ほかにもおかしなことはあるよ。お金持ちじゃない人たちが、どうして子どもを見つけるのにあんなにお金をかけられるんだ？　こう考えると、きみはドリスコルじゃないと思う。全部考えて、きみがここに残ると言うんなら、おれもきみといっしょに残る。でも、バルブラン母さんに手紙を書いて、きみが見つかったときに着てた産着が正確にはどんなだったかきいてみなくちゃ。その手紙を受け取ったら、きみが父さんと呼んでるあいつに質問するんだ。そうすれば、もう少しはっきり本当のことがわかってくると思う。そのときまでぼくは出ていかないよ」

レミの産着の秘密

兄弟たちと仲よくしようとしてみたものの、下の娘のケイト以外は、ぼくを受け入れようとはしません。祖父は、ぼくが近づくだけでものすごい勢いでつばを吐きかけるし、父親は毎晩ぼくらのかせぎはいくらかときくときしか相手にしてくれないし、母親はいつも酔っ払っていました。

そんなときバルブラン母さんから手紙が来ました。

【かわいいレミ

おまえの手紙を読んで、びっくりしているし、残念に思っています。かわいそうなバルブランが、ブルトゥイユ大通りでおまえを見つけたあと、いつも言っていたことからして、わたしはおまえの両親は上流階級のお金持ちだと思っていたからです。

おまえがくるまれていた産着がどんなだったか知りたいのですね。たやすいことです。いつかだれかが引き取りにきたとき、おまえの身元がわかるように、全部とってあるのですから。

まずレースの帽子。これはかわいらしく、ぜいたくなものだということ以外に特別な点はありません。えりぐりと腕に小さなレースかざりがついた、質のいい生地の肌着、フランネルのおむつカバー、白の毛織りの靴下、絹のリボンがついた白い毛糸編みの靴、白のフランネルの長いベビー服、そしてフードがついたゆったりしたコート、これは白のカシミア製で、絹の裏地がついていて、きれいな刺しゅうがしてあります。

最後にこれを言っておかなければなりませんが、産着はどれもラベルがついていませんでした。おむつカバーや肌着にはラベルがあったに違いありませんが、普通ついているはしっこの場所から切り取ってあったのです。それを見ても、だれかが追っ手の目をくらますためにずいぶんと注意深くしまつをしたということがわかります。

できたらまた手紙をくださいね。楽しみにしています。さようなら、かわいい子。愛を込めてキスを送ります。

おまえの育ての親、バルブラン母さんより】

父親からぼくがさらわれたときどんな服を着ていたかをきき出すのは、簡単ではありませんでした。質問を切り出すと、父親はぼくが言ったことで気を悪くしたときにいつもするように、目の奥を探りました。が、最初の怒りがおさまると、父親はほほえみました。そのほほえみには冷酷さや残忍さがあらわれていて、でもともかくほほえみには違いないのでした。

「おまえを捜すときにいちばん役に立ったのは」と父親は言いました。「おまえがさらわれたときに着ていた服を説明したことだった。レースの帽子、布地にレースのついた肌着、フランネルのおむつカバーとベビー服、毛織りの靴下、毛糸編みの靴、白のカシミア製で刺しゅうがしてあるフードつきのコート。わたしは捜すときにF・D、つまりフランシス・ドリスコルというおまえの名前がついた布のラベルを当てにしてた。しかしラベルはおまえをさらったやつの手で切り取られてたんだ。こんなふうに注意深く証拠をかくせば、絶対に見つからないと思ったんだろうな」

でもマチアは満足しませんでした。夜、ぼくたちが馬車に引き上げてから、彼は秘密を打ち明けるときのように、ぼくの耳に顔を寄せました。

「よくできた話だよ」と彼は言いました。「でも、行商人のパトリック・ドリスコルと妻のマーガレット・グランジが、どうして自分たちの子どもにレースの帽子やレースのついた肌着や刺しゅうのついたコートを着せられるほど金持ちだったのかってことは、説明されてないよ」

「衣類を安く買うことができたんだろ」

マチアはヒューと口笛を吹きながら、頭をふりました。そしてぼくの耳にこうささやきました。

「おれの頭の中から消えてなくならないある考えがあるんだけど、話してもいい？　それは、きみはドリスコルだんなの子じゃなくて、ドリスコルだんながさらってきた子だってこと」

そう言われると、ぼくも彼の疑問を自分に問いかけないわけにはいかなくなりました。

〈なぜ四人の子どもたちの髪は金髪なのに、ぼくの髪は金髪じゃないのか？　なぜドリスコルの家族のみんなは、物ごとがよくわかってないケイトをのぞいて、ぼくに悪意を向けるのか？　なぜお金持ちじゃない人が子どもにレースのついた服を着せることができるのか？〉

次々と出てくる、なぜ、どうして、に対して、答えはひとつでした。

〈さらに、もしぼくが自分たちの子どもじゃないとしたら、なぜぼくを捜したのか。なぜバルブランやグレス・アンド・ギャレー事務所にお金をわたしたのか？〉

この疑問にはマチアも答えることができませんでした。


さて、ある日曜日のこと、ぼくがマチアと出かけようとしていると、父親が、今日は用があるからと言ってぼくを引きとめ、マチアをひとりで散歩に行かせました。

それから一時間ほどたって、扉をノックする音がしました。父親が開けにいき、ひとりの紳士を連れて戻ってきました。その人はここにいつも来る人たちとは違っていて、イギリスで「ジェントルマン」、つまり本当の紳士と言われるようなたぐいの人でした。彼はエレガントに服を着こなし、尊大だけど、どこか疲れたような表情をしていました。年は五十歳くらいでしょうか。でもぼくの印象に残ったのはその人の笑い方でした。くちびるを動かしたとき、白く、若い犬のようにとがった歯が丸見えになるのです。

父親と英語でひとしきり話し、その男はしょっちゅうぼくに目を向けていました。

しばらくすると、彼は英語ではなく、ほとんどなまりのないフランス語で話し始めました。

「この子がきみが話していた子どもだな？」と彼はぼくを指さしながら父親に向かって言いました。

「きみは病気にかかったことはないのかね？」

「肺炎にかかったことがあります」

「ああ、どうしてかかったのかね？」

「寒い日の夜、雪の中で野宿をしたせいです。いっしょにいた親方は寒さで亡くなりました。ぼくはそのときに肺炎になったんです」

「それはずいぶん前のことかね？」

「三年前です」

紳士は立ち上がって、ぼくのそばに来て、腕をさわり、心臓に手を当てました。それからぼくの背中と胸に耳をつけて、走ったときのように強く息を吸うよう、せきもするようにと言いました。

紳士はぼくにはなにも言わずに父親との英語の会話に戻り、少したつとふたりで通りに面した扉ではなく、納屋に面した扉から出ていきました。

ずいぶんたってから、父親が戻ってきました。そして出かけてもいい、やらせようと思っていた仕事はなくなったから、もし行きたければ散歩にでも行ってこいと言いました。

雨が降っていたので、羊の革のベストをとりに馬車に戻ると、おどろいたことにマチアがいました。話しかけようとしましたが、彼はぼくの口を手でふさいで、小さな声で言いました。

「納屋の戸を開けてくれ。おれはきみのあとからそっと出ていくから。おれが馬車にいたことがばれるとまずいんだ」

マチアが話す気になったのは、ぼくたちが通りに出たあとのことでした。

「さっききみの父親といっしょにいた紳士がだれだかわかる？」とマチアはぼくに言いました。

「ジェイムズ・ミリガン氏、きみの友だちのアーサーのおじさんだぜ」

ぼくは通りのまんなかでかたまってしまいました。マチアは話を続けました。

「おれはひとりで散歩する気になれなかったから、ベッドで横になったんだ。すると、きみの父親が紳士を連れて、納屋に入ってきた。おれはふたりの会話を聞くともなく聞いてしまったんだ。『岩のようにがんじょうだな』と紳士は言った。『十人が十人とも死ぬところなのに、肺炎でも死なないとは！』。きみのことを言ってるんだとわかった。

『おいごさんはいかがですか？』ときみの父親はきいた。

『よくなったよ。あの子は今回も生きのびた。三か月前には医者がみんなもうダメだと宣告したのにな。またもや母親の看病で命が助かったんだ。ああ、まったく、すばらしい母親だよな、ミリガン夫人は』

『それにしても、もしおいごさんがよくなったのなら、あなたの用心がむだになってしまうのでは？』

『今のところはね。でも、おいのアーサーは長く生きてはいまい。もしそうなったら奇跡だし、この世に奇跡はそうそうあるもんじゃない。アーサーが死んだ日には、わたしが、このジェイムズ・ミリガンがただひとりの相続人にならなくてはならないんだからな』

『どうかご安心ください。きっとそうなりますよ。おまかせを』

『頼りにしてるぞ』と紳士は言って出ていった」

この話を聞いて、ぼくがまず考えたのは、父親にミリガン氏の住所をきこう、そうすればアーサーとお母さんのことがきけるかもしれないから、ということでした。でも、すぐ、そんなことはばかげていると思い直しました。おいの死をじりじりしながら待っているような男に、そのおいの消息をきけるわけがありません。それにミリガン氏に話を聞いたと気づかせるのは不用意すぎます。

アーサーは生きているし、病気はよくなった。さしあたって、そのよいニュースを聞いただけで、ぼくは満足でした。

レミ、無実を主張する

ぼくたちはアーサーとミリガン夫人のことしか話さなくなりました。アーサーとお母さんはどこにいるのでしょう？　どこに行けば見つけられるのでしょう？

時はゆっくり、本当にゆっくりと流れていきました。けれども家族がロンドンをはなれて、イギリスじゅうをめぐり歩く日がやってきました。二台の馬車は塗り直され、家族で商品を全部積み込みました。気候がよい間ずっとそれを売って過ごすのです。

商品で馬車はいっぱいになりました。買ったのか、どうやって手に入れたのかはわかりませんが、馬も到着し、出発の準備はすべてととのいました。

ぼくたちはどうするのでしょう？　ロンドンに、レッド・ライオン・コートをはなれられない祖父といっしょに残るのか？　兄弟のように父親と商売をするのか？　家族の馬車について歩いて、今までどおり路上音楽師として、行く先々の村や町でレパートリーの曲を演奏するのか？

父親には、ぼくたちのバイオリンやハープが大きなかせぎになるとわかっていました。そこで自分といっしょに行かせて、音楽師として働かせると決めました。

ぼくたちは馬車のあとについて歩きました。移動しながら、ベスナル・グリーンの汚れた、くさい空気のかわりに、いなかの澄んだ、清らかな空気を吸い込みました。

ぼくたちは旅立ったその日から、ただ同然で仕入れた商品がどんなふうに売られるのかを目のあたりにしました。まず大きな村に着くと、広場に馬車をとめます。そして板でできた車体の片側を倒して台にし、商品を並べ、買う人の気を引くのです。

「安いよ、安いよ！」と父親はさけびました。「こんなに安いの、どこへ行ったってありっこない。安く仕入れているから、こんなに安く売れるんだ。売るんじゃない、あげるも同じだよ。安いよ、安いよ！」

ぼくは、値段を見た人が、立ち去りぎわにこう言っているのを聞いてしまいました。

「あれは盗んだ品だよ」

「自分で言ってるようなものだな」

彼らがぼくに目を向けたら、顔が赤くなっているのが見えて、その人たちの思っているとおりだとわかってしまったでしょう。彼らはぼくの顔を見ませんでしたが、マチアは気づいていて、その夜、いつもは正面きって話すのを遠慮している話題にふれてきました。

「きみはずっと、こんなふうに恥ずかしい思いをするのをがまんするつもり？」と彼は言いました。

「そんなこと言わないでよ。きみに恥ずかしいって言われると、ぼくはもっとつらくなる」

「おれはきみに恥をかかせたいと思ってるわけじゃない。ねえ、フランスに帰ろうよ。おれはずっと、いつか恐ろしいことが起こると言ってたけど、もう一度言うよ。そして近いうちにそうなる気がするんだ」

「きみは逃げろよ」

「またバカなことを言ってるな。ぼくたちはいっしょに逃げるか、いっしょにつかまるかだ。さあ、早く逃げよう」

「少し考えさせてくれ。それから決めるから」

ロンドンを出て数週間がたち、ぼくたちは近くで競馬が行われることになっている町に来ていました。

マチアとぼくは競馬場のあたりをぶらついていました。鍋がかかっているたき火の前を通りかかると、マチアがサーカスにいたころの友だちのボブがいました。ぼくたちに会って、彼はうれしそうでした。彼は仲間と競馬場で芸をしようとしていたのでした。が、あてにしていた音楽師たちにすっぽかされて、明日は期待していたようにかせぎが多いどころか、ひどいことになりそうなのです。もしできれば、その音楽師のかわりに演奏してくれないか、かせぎはカピも入れてみんなで山分けすればいいからと言うのでした。マチアがちらっと目を向け、ボブのたのみを受けてくれるとうれしいと思っているのがわかりました。たくさんかせぎを持って帰りさえすれば、ぼくたちはなにをしても自由だったので、ぼくはボブの申し出を受けました。

ところが、町に戻って、父親にこの取り決めを報告すると、困ったことになりました。

「明日はカピが必要なんだ」と父親。「カピを連れていってはならん。カピは耳がいい。なんでも聞きつけるから、いい番犬になるだろ。カピに馬車の番をさせたいんだ。こんなに人がいてごちゃごちゃしていると、どろぼうが心配だ。明日はおまえたちだけでボブのところに演奏しにいけ。もしおまえの仕事が夜遅くなるようだったら、グロ・シェーヌ亭という宿屋で合流しよう。わたしたちは日暮れにはここを出発するつもりだから」

父親の話に文句をつけるなんてもってのほかです。父親は反論を許さない人でした。父親がなにかを言ったら、口答えせず従わねばならないのです。

翌朝、カピを散歩に連れていったあと、えさを与え、水を飲ませ、カピが満足したところで番ができるよう馬車の車輪につないで、マチアとぼくは競馬場に出かけました。

到着するやいなや、ぼくたちは演奏を始め、休まず夜まで続けました。夜になって、ぼくたちは疲れ切っていましたが、ボブの仲間たちはぼくたち以上に力を使ってへとへとになっていて、一度ならず芸を失敗していました。と、その瞬間、芸で使っている大きな竿がマチアの足先に倒れてきました。あまりの痛みに、マチアは悲鳴をあげました。ぼくたちはさっとマチアを取り囲みました。幸いにもケガはそれほどひどくありませんでした。打撲を負って、肉が裂けていましたが、骨は折れていないようです。でも、打撲ですんだとはいえ、マチアが歩くのは無理というものでした。

どうすればいい？　マチアはボブの馬車に泊まって、ぼくはひとりでグロ・シェーヌ亭に行って、次の日のドリスコル一家の行き先を教えてもらうことにしたら？

「行くなよ」とマチアはぼくに何度も言いました。「明日いっしょに行こうよ」

「大丈夫だよ。明日には帰ってくると約束するから」

「もしやつらがきみを引きとめたら？」

「引きとめられないようにハープを置いていくよ。これをとりに帰ってくるから」

マチアの不安にもかかわらず、ぼくは出発しました。ぼくはなにも心配してはいませんでした。

疲れていたものの、ぼくは早足で歩き、グロ・シェーヌ亭に着きました。けれどもよくよく探してみても、うちの馬車は見つかりません。ぼくは宿のまわりをぐるっと回ってみました。小さな窓からあかりがもれてくるのが見え、だれか起きている人がいるのだなと思い、ぼくは扉をノックしました。人相の悪い宿屋の主人が扉を開けました。

「あんたたちの馬車はもう出発したよ」と彼は言いました。「おやじさんは、あんたにぐずぐずしないで、夜通し歩いてルイスに来て、自分たちと合流するようにと言ってたよ。よい旅を！」

彼は、それ以上なにも言わずに、ぼくの鼻先で扉を閉めました。

ぼくはイギリスに来て以来、ずいぶんと英語を覚えていたから、これくらいの短い会話ならわかるようになっていました。とはいえ、ルイスがどこにあるか知らなかったし、マチアを残していくわけにはいきません。ぼくは競馬場に引き返さなければなりませんでした。

一時間半もの間歩き続けたあと、ぼくはボブの馬車の中で眠るマチアのそばに横になりました。なにが起きたのかを二言、三言説明すると、疲れて死んだように眠ってしまいました。

何時間か眠ると、ぼくは力を回復しました。マチアがついてこられればルイスに行くことができそうです。

ぼくは馬車の外に出て、ボブのところへ行きました。と、そのとき、カピらしき犬が警官にひもで引っぱられてやってきました。

ぼくはあ然として、棒立ちになり、これはどういうことだ、と自分に問いかけました。でもカピはぼくに気づいて、ぐいっとひもを引くと、警官の手から逃げ出しました。そしてひとつ飛びして走ってくると、ぼくの腕に飛び込みました。

警官がこちらにやってきました。

「この犬はあんたのものだね？」と彼はたずねました。

「はい」

「よし、あんたを逮捕する」

彼は手でぼくの腕をつかみ、強くしめつけました。

「なんでこの子を逮捕するんだ？」とボブはききました。

「昨晩、男ひとりと子どもひとりが、セイント・ジョージ教会の高窓から、はしごを使って侵入したんだ。やつらは人が来たら知らせるようにと、この犬を連れていた。やつらは犯行中に見つかって、あわてて窓から逃げ出したんだが、犬を連れて出る時間はなかった。犬は教会の中で見つかったんだ。犬を手がかりに、わたしはどろぼうを見つけるつもりだ。そしてここに今も、ひとりいるというわけだ。父親はどこにいる？」

ぼくはぼう然としていました。

とはいえ、ぼくにはなにが起きたのかわかりました。思うに、父親がぼくからカピを取りあげたのは、馬車の見張りをさせるためではなく、カピの耳がいいのを利用して、教会で盗みを働いている父親たちに危険を知らせるためだったのです。夜になって馬車を出発させたのも、盗みが見つかって、急いで逃げ出さなくてはならなくなったからなのでしょう。

でも、犯人たちのことを考えている場合ではありません。問題はぼくです。犯人がだれであろうと、ぼくは自分の身の証を立てることができるし、彼らを告発しなくても、無実を証明できるでしょう。昨日の晩、ぼくがどう過ごしたか説明すればいいのです。

こんなふうにぼくが考えていると、警官の声や人のどよめきを聞きつけて、マチアが馬車から出てきました。足を引きずりながら、彼はぼくによりそいました。

「ぼくはやってないって説明してよ」とぼくはボブに言いました。「だってぼくは午前一時まであなたたちといっしょにいたんだから。ぼくはグロ・シェーヌ亭で宿の主人と話して、それからここへ戻ってきたんだ」

ボブはぼくが言ったことを訳して、警官に伝えました。でもぼくが期待したようには納得せず、「犯人が教会にしのび込んだのは一時十五分だ。この子が自分で言うように、一時か一時少し前にここを出れば、一時十五分には犯人たちといっしょに教会にいられるはずだ」

「ここから町までは十五分以上かかりますよ」とボブは言いました。

「走れば間に合うさ」と警官は言い返しました。「それにこの子が一時に出たとだれが証言してくれるんだ？」

「ぼくが証言します！」とボブがさけびました。「あんたの証言じゃな」

「あんたか」と警官は言いました。

警官は肩をすくめました。

マチアはぼくをだきしめました。

「がんばれ！」とマチアはささやきました。「おれたちはきみを見捨てはしない」

「カピをお願い」とぼくはフランス語でマチアに言いました。でも警官にはわかってしまいました。

「ダメだ、ダメだ。わたしがその犬を連れていく。この犬のおかげでこの子が見つけられたんだから、もうひとりの犯人も見つかるかもしれない」

ぼくが入れられた牢屋は、太い鉄格子のはまった窓がついた本当の牢屋でした。家具はすわるためのベンチと、寝るためのハンモック、それだけでした。

ぼくはくずれ落ちるようにベンチにすわりました。そのまま打ちのめされたようになって、自分の悲しい状況をあれこれと考えていました。

カピが教会にいたとしても、ぼくは無実だということを証明できるでしょうか？　告発したくない人、告発できない人に罪をなすりつけることなく、身を守れるでしょうか？　すべてはマチアとボブが、ぼくが一時十五分にセイント・ジョージ教会にいられるはずがないという証言を集められるかどうかにかかっていました。もしこれが証明されれば、カピがぼくに不利な証拠を示したとしても、ぼくは助かります。そしてその証言は、集めるのが不可能ではないという気がするのです。

牢屋の番人が、裁判は明日になりそうだと言いました。

次の朝、番人はぼくについてくるように言いました。ぼくは並んで歩き、いくつか廊下を通り、小さな扉の前に着きました。彼はその扉を開けました。

「入りなさい」と彼は言いました。

熱い空気が顔に吹きつけ、ざわめきが聞こえました。部屋に入り、小さな壇に登りました。ぼくは法廷にいたのです。

高い壇には裁判官がすわっていました。少し低い壇とその前には三人の法律関係者がすわっていました。ぼくの席の前には、法服とかつらを身につけた人がいました。弁護人でした。

検察官が事件を説明しました。裁判官はぼくのほうを見ずに、まるで自分自身にたずねるかのように、ぼくの名前、年齢、職業をたずねました。

ぼくは英語で、フランシス・ドリスコルという名前であること、ロンドンのベスナル・グリーンのレッド・ライオン・コートにある両親の家に住んでいることを答えました。それからフランスで育って、イギリスに来て数か月しかたっていないので、フランス語で話してもいいかと許可を求めました。

「わたしをだまそうとするんじゃないぞ」と裁判官はきびしい声で言いました。「わたしはフランス語がわかるのだからな」

ぼくはフランス語でいきさつを話しました。一時に教会にいるのは無理だということ、その時間、競馬場にいたこと、二時半にグロ・シェーヌ亭にいたことを説明したのです。

「一時十五分にはどこにいたのかね？」と裁判官は問いかけました。

「道を歩いていました」

「それを証明しなくてはならん。きみはグロ・シェーヌ亭へ行くところだったと言うが、教会にいたと告発されておる。一時少し前に競馬場を出て、はしごを持って待っていた共犯者と教会の壁のところで合流し、盗みに失敗したあと、グロ・シェーヌ亭へ行ったのではないのかね」

ぼくは、そんなことはありえないと、けん命に主張しました。が、裁判官は納得したようには見えません。

「では、きみの犬が教会の中にいたわけを説明できるかね？」と裁判官はたずねました。

「説明できませんし、わかりません。犬はぼくといっしょにはいませんでした。朝にはぼくたちの馬車のところにいたんです」。これ以上、言うのはさしさわりがありました。ぼくは父親の不利になる証言はしたくなかったのです。

証人が呼ばれました。セイント・ジョージ教会の教区の用務員でした。用務員は夜中に教会の扉を開けたとき、犬を見つけたと証言しました。

ぼくの弁護人が立ち上がって、質問を始めました。

「昨日の晩、教会の扉を閉めたのはどなたですか？」

「わたしです」と用務員は答えました。「それがわたしの仕事ですからな」

「よろしい。では、あなたは問題の犬を教会に閉じ込めなかったと断言できますね？」

「犬が教会にいたなら、見えたでしょうから」

それから弁護人は、用務員の目が悪いこと、夕食後にお酒を飲んでいたこと、カピが犯行前から教会に閉じ込められていた可能性があることを指摘しました。

カピが教会に閉じ込められていた、それはありえることです。そしてそんなふうに閉じ込められていたのなら、カピを連れていったのはぼくではないということになります。

ところが、裁判官は、重罪裁判にかけるかどうか決めるまで、ぼくを州の牢屋に移送する、と宣告しました。重罪裁判！　ぼくはベンチにくずれ落ちました。

ボブの脱走大作戦

牢屋に戻ってだいぶたってから、無罪放免にならなかった理由に思いあたりました。裁判官は教会にしのび込んだ犯人が逮捕されたら、ぼくが共犯者かどうか確かめるつもりなのです。

そろそろ日が暮れるというころ、コルネットの音が聞こえてきました。ぼくにはマチアの吹き方だとわかりました。やさしいマチアは、ぼくのことを思っている、心にかけていると伝えたかったのです。この音は、窓に面した塀を越えて、ぼくのもとへと届きました。突然、よく通るマチアの声が聞こえ、フランス語でこうさけびました。「明日の夜明けに！」

やがて夜明けがやってきて、塀を引っかくような音が聞こえた気がしました。ふいに、塀の上から顔がのぞきました。そう、それはボブだったのです。彼はぼくが鉄格子に顔をぴったりとくっつけているのを見つめました。

「しっ」と彼は小さな声で言いました。

それから手で、窓からはなれていろというように合図をしました。わけがわからないながらも、ぼくはそのとおりにしました。彼はもう片方の手に、ガラスのようなものでできたキラキラと光る長い管を持っていました。そして口でくわえました。吹き矢です。フッと息を吐く音が聞こえ、同時に小さな白い玉が空を飛んで、足もとに落ちてくるのが見えました。あっという間にボブの顔は塀の向こうに消え、なにも聞こえなくなりました。

ぼくは玉に飛びつきました。玉は大きな鉛の粒のまわりに紙を巻きつけて作られていました。紙には文字が書いてあるようでしたが、あたりはまだ字が読めるほど明るくなっていません。ぼくは朝になるのを待たねばなりませんでした。

ゆっくりと、本当にじれったいほどゆっくりと、夜は明けていきました。ばら色の光が牢屋の壁にさし込むころになってようやく、ぼくは紙をほどいて、読み始めました。

【明日の夜、きみは州の牢屋に移される。汽車の二等車の客車に警官といっしょにのることになる。きみがのった乗車口のそばにすわれ。四十五分走ると（よく時間を見ておくように）、きみたちがのった汽車は合流にさしかかって速度を落とす。そうしたら扉を開けて、思い切って飛びおりろ。手を前のほうにつき出して、遠くに飛んで足からおりるようにするんだ。着地したらすぐ、左にある土手を登れ。そこに馬車と馬を連れて待っているから。恐れるな。二日後にはフランスだ。がんばれ、希望を持て。思い切り遠くに飛んで、足からおりるように】

助かった！　重罪裁判に出なくてすむ。ああ、勇敢なマチア、親切なボブ！　マチアを手助けしてくれているのはまちがいなくボブです。「そこに馬といっしょに待っている」って、いくらマチアでも、ひとりでこの手はずをととのえられるはずはありません。

時は早く過ぎました。次の日の午後、見たことがない警官が牢屋に入ってきて、ついてくるようにと言いました。五十歳くらいで、あまり敏しょうそうではなかったので、ぼくは、しめた、と思いました。

いろいろなことがマチアの指示どおりにうまくいきました。汽車が動き出したとき、ぼくは入ってきた扉の近くにすわっていました。客車には警官とぼくしかいませんでした。

ぼくはガラス窓があいた乗車扉によりかかっていました。警官に通りすぎていく外の景色を見たいとたのみました。警官はそうしたいなら、してもいいと答えました。しばらくすると、風が顔に当たって寒いからと、警官は扉からはなれ、客車の中央の席に移りました。ぼくは左手を少しずつ外にすべらせて、取っ手を回し、右手で扉をつかみ直しました。

時は過ぎていきました。汽笛がなり、汽車は速度を落としていきました。その瞬間が来ました。

ぼくはすばやく扉を押して、できるだけ遠くに飛びました。溝の中に落ちてしまいましたが、幸いなことに、手を前につき出していたので、土手の芝生の上につくことができました。けれども衝撃はものすごくて、ぼくは地面を転がって、気を失ってしまいました。

ふと気がつくと、まだ汽車にのっているような感じがしました。なんだかすごいスピードで移動していたし、車輪の音もしたからです。ぼくはわらの上に寝かされていました。目を開けると、黄色のみっともない犬がぼくによりそって、顔をなめていました。ぼくの目がマチアの目と合いました。マチアはぼくのそばでひざをついていました。

「きみは助かったんだよ」とマチアは言い、犬を引きはなして、ぼくにキスをしました。

「ここはどこ？」

「馬車の中だよ」と馬を御しているボブが言いました。

「きみはおれが言ったとおりに汽車から飛びおりた。でも、衝撃で気を失って、溝に落ちてしまった。で、きみがなかなか姿をあらわさなかったんで、おれが馬を押さえてて、ボブが土手をおりていった。きみを腕にかかえて連れてきたんだ。おれたち、てっきりきみが死んじゃったと思った。こわかった！　悲しかった！　けど、ほら、こうしてきみは助かった」

「警官は？」

「旅を続けてるはずだよ。汽車をとめることはできないから」

あらましはわかりました。まわりを見回すと、カピそっくりの目でぼくをやさしく見つめているあの犬が目に入りました。でも、カピじゃあない。カピは白い犬なんだから。

「それからカピ！」とぼくは言いました。「カピはどこ？」

マチアが答える前に、黄色い犬がぼくに飛びつき、鳴きながら顔をなめました。

「ほら、カピだよ」とマチアが言いました。「ぼくたち、カピの毛を染めたんだ」

「どうして染めたの？」

「長い話になるけど、語って聞かせよう」

しかし、ボブはその話をさせませんでした。

「馬をたのむ」とマチアに言いました。「ちゃんと手綱をにぎっていてくれ。その間に、検問所で気づかれないように、細工をするから」

この馬車は荷物用の馬車で、枠の上から布をかぶせると幌になるようになっていました。ボブは枠をはずして馬車の中に入れ、布を四つにたたんで、ぼくにその中にかくれるように言いました。それからマチアにも布の下にかくれるように命じました。馬車の外見はすっかり変わり、幌もついておらず、三人ではなくひとりしかのっていないように見えました。もし、だれかに追跡されて、荷馬車を見た人が特徴を言ったとしても、追跡者は混乱してしまうでしょう。

「どこへ行くの？」とぼくはマチアにききました。マチアはぼくのそばにかくれていました。

「リトル・ハンプトンだよ。海のそばの小さな港町で、そこにいるボブの兄さんが、フランス、ノルマンディのイズニーにバターと卵を買いつけにいく船の船長をしてるんだ。おれたちが逃げられるとしたら、ボブのおかげさ。友だちがいるっていいよね」

「で、カピはだれが連れ出そうって思ったの？」

「おれだよ。でもこれもボブが黄色に染めて、見分けがつかないようにすることを思いついたんだ。おれたちは警官からカピを取り返したんだ」

「で、きみの足は？」

「ほとんど治ったよ。足のことを考える時間がなかったくらい」

イギリスの道は、フランスのように自由に通行できるわけではないのです。ところどころに検問所があって、通過するにはいくらかお金を払わなければなりません。そんな検問所を通るとき、ボブはぼくたちにだまって、動かないでいるようにと言いました。番人たちは馬車にのっている人はひとりきりだと思っているようでした。ボブは番人に冗談を言いながら通り過ぎるのです。

「こわい？」とマチアはききました。

「こわいけど、こわくない。またつかまるのがとてもこわい。けど、もうつかまらない気がする。逃げ出すってことは、犯人だって白状しているようなもんだろ？　そう考えると恐ろしくて。身の証を立てるのに、なんて言えばいいと思う？」

「おれたちもそれは考えたよ。でもボブは、どんなことをしても、きみを重罪裁判所の被告席にすわらせちゃならないって考えたんだ。重罪裁判所で過ごすことになれば、もし無罪になったとしても、本当につらい気持ちになるからってね」

「きみたちには感謝しかないよ」

「汽車がとまったとき、警官は報告をあげただろうな。でも、捜索を始めるまでには時間がかかったろうし、おれたちは早足で逃げたもんね。それにおれたちが船にのろうとしているのがリトル・ハンプトンだなんて、知りやしないし」

もし、だれもぼくたちの足取りを追っていないなら、無事に船に乗り込めるはずです。でも、ぼくはマチアのように、汽車がとまってから、警官がぼくらを追跡するまで時間をむだにしたとはとても思えないのでした。危険が迫っていて、しかもそれは大きな危険なのです。

やがてほのかなあかりが、一定の間隔で、消えたり、またついたりしているのが見えました。灯台です。港へ到着したのでした。ボブは馬を押さえると、ゆっくりと歩かせ、路地に入っていきました。それから馬車をおり、ぼくたちにじっとして、馬を押さえているように命じ、兄さんが出発していないか、ぼくたちを危険な目にあわせることなく船にのせられそうか、調べにいきました。

ボブがいない間の時間はとても長く感じられました。マチアもぼくもふるえていました。

とうとう足音が聞こえ、ボブがあらわれました。ボブはひとりではなく、防水布の服を着て、毛糸の帽子をかぶった男が横にいるのが見えました。

「兄さんだよ」とボブは言いました。「きみたちを船にのせてくれる。ここでお別れだ。おれがここに来たことを、ふれて回る必要はないからな」

ぼくはボブにお礼を言おうとしました。でも、ボブはそれをさえぎり、ぼくの手をにぎりました。

「いいんだ」とボブは言いました。「おたがい助け合わなくちゃ。だれもが自分が助ける番になるときがあるものさ。また会おうぜ。マチアの役に立てて、うれしかったよ」

ぼくたちはボブの兄さんのあとに従い、やがて町中の人けのない通りにさしかかりました。何度か曲がって、桟橋に着きました。海風がぼくたちの顔を打ち、ボブの兄さんは無言で、手で帆船を指し示しました。これが兄さんの船なのです。しばらくしてぼくたちは船に乗り込み、小さな船室に入りました。

「二時間後に出発だ」と兄さんは言いました。「ここにいて、音をたてるな」

彼が船室の扉に鍵をかけると、マチアはぼくの腕に飛び込み、キスをしました。マチアはもうふるえていませんでした。

白鳥号はどこにいる

ぼくたちは身につけていた服と楽器とお金だけを持って、フランスのイズニーに上陸しました。マチアは、ぼくがグロ・シェーヌ亭に行った夜に、ボブのテントに置きっぱなしにしていたハープを大切に持ってきてくれていました。

マチアはボブに脱走にかかった費用をわたそうとしましたが、ボブは友だちのためにやったのだからお金なんていらないと、一銭も受け取りませんでした。

それにしても、今度はどこへ行けばよいのでしょう？

「ひとつ提案があるんだ」とマチアは言いました。「水路にそって行こうよ。川でも運河でもいい。おれ、思いついたんだ。アーサーは病気で、ミリガン夫人は船にのせて旅をさせてたんでしょ。だからきみは白鳥号で夫人にめぐり会った。おれたちも水路をたどっていけば、白鳥号に出会うチャンスはあるはずだ」

「白鳥号がフランスにいるって言いきれる？」

「いいや。でも、白鳥号は海に出るように造られてないだろ。だからフランスからは出られないと思うんだ。見つけられる可能性があるとすれば、それにかけてみるべきだと思わない？」

「でも、リーズやアレクシやバンジャマンやエチエネットは？」

「ミリガン夫人を探しながらでも会えるさ。どの川がいちばん近いか地図で調べてみよう」

道ばたの草の上に地図を広げて、いちばん近くにある川を探してみたら、それはセーヌ川でした。

「よし、セーヌ川を目指そう」とマチアは言いました。「こんなふうにするんだ。川にそって歩きながら、船頭たちに船のゆくえをたずねて回ろう。白鳥号はベランダがあって、ほかの船とは違っているから、もしセーヌ川を通ったとしたら、目立つはずだ」


バイユー、カン、ポン・レヴェック、ポン・トードゥメールを過ぎ、ぼくたちはラ・ブイユでセーヌ川に出ました。人にきいて回って、白鳥号はラ・ブイユには来なかったか、夜だからだれも見なかったとわかりました。ラ・ブイユからルーアン、エルブフに行きましたが、白鳥号の消息を聞くことはありません。

シャラントンで初めて、船遊び用に造られていて、ベランダがついている、白鳥号らしい船を見たと答える人があらわれました。マチアは大喜びして、川岸でダンスを踊り始めました。ぼくは答えてくれた船頭に話をききました。疑う余地はありません。その船は白鳥号で、二か月前にシャラントンを通りすぎ、セーヌ川をのぼっていったのです。

白鳥号を追いかけているうちに、リーズの住んでいるところにも近づいていました。リーズ自身に、ミリガン夫人とアーサーを見かけなかったかきくことができるのです。

いよいよドルジーに近づいてきました。あと二日、あと一日、あと数時間……。

とうとう去年の秋、リーズといっしょに遊んだ森が見えてきました。

ひとりの男の人が水門のところで作業をしていました。その人はリーズのおじさんではありませんでした。家に行ってみると、知らない女の人が台所を行ったり来たりしています。

「カトリーヌさんはいますか？」とぼくたちはききました。

「もうここにはいないよ」と彼女は答えました。「エジプトに行ったんだ」

マチアとぼくは顔を見合わせました。エジプト！

「で、リーズは？　リーズを知ってますよね？」

「もちろんさ。リーズはイギリス人のご婦人と船にのっていったよ」

リーズが白鳥号にいる！　ぼくは夢を見ているのでしょうか？

「あんた、レミだね？」とその女の人はたずねました。

「はい」

「カトリーヌのだんなのシュリオがおぼれ死んで……」

「おぼれた！」

「水門でおぼれたんだよ。シュリオは船にのっているときに水に落ちてね。おぼれて助からなかった。カトリーヌはあんなにしっかりした人だったけど、どうしていいかわからなくなってね。ひとりのご婦人が、エジプトに行って、カトリーヌが乳母をしていた子どもの面倒をみてくれないかって言い出したのさ。けど、そうなると困ったのが、めいのリーズだよ。どうしようかと悩んでたとき、ある晩、病気の子どもを連れて旅をしているイギリス人のご婦人が、水門のところで船をとめた。そして話をしたら、そのご婦人は息子が船でひとりぼっちで退屈しないよう、遊び相手の子を探していた。で、リーズを引き取らせてくれないかって申し出たんだ。きちんと面倒をみるし、病気も治療するし、将来は保証すると約束するってね。カトリーヌは承知して、リーズはご婦人の船にのって、カトリーヌはエジプトに出発したのさ。出発前、リーズはおばさんを通じて、あたしにたのんだんだ。もしあんたが会いにきたら、このことを話して聞かせるようにってね」

「で、イギリス人のご婦人はどこへ行ったんですか？」とマチアはききました。

「南フランスかスイスだよ。リーズは、あんたに行き先を伝える手紙を、あたしあてに書いてもらうって言ってたけど、あたしはまだ受け取ってないんだよ」

レミの産着、真実を語る

「前へ進め！」とマチアは言いました。「アーサーとミリガン夫人だけじゃなくて、リーズにも追いつかなくちゃならないんだ」

　ぼくたちは時間をむだにせず、寝たり、少しのお金をかせいだりするほかには足をとめずに、白鳥号のあとを追い続けました。ドシーズ、ディゴアン、シャロン……そしてリヨンへ。リヨンではいろんな人にきいて回って、ミリガン夫人はスイスへ行ったと確信が持てたので、ぼくたちはローヌ川にそって歩くことにしました。

　やがてセセルに着きました。川岸におりていくと、遠くのほうに、なんと白鳥号らしい船があったのです！

　ぼくたちはかけ出しました。その船は白鳥号の形をしている……たしかに白鳥号でした。けれども、捨てられた船、という雰囲気もただよっていました。船は桟橋につながれていて、どこもかしこも閉まっています。もはやベランダに花もかざられてはいません。

なにがあったのでしょう？　アーサーになにかが起こったのでしょうか？　ぼくたちは不安で心臓がしめつけられ、立ち止まりました。けれどもなにもせずにいるのはおくびょうというものです。近づいて、本当のことを探らなければ。

そこにいた男にたずねると、喜んで話してくれました。その人は白鳥号の番人でした。

「ふたりの子ども、体の不自由な男の子と口のきけない女の子を連れて、船にのってたイギリス人のご婦人は、今スイスにいるよ。ここから先はローヌ川をのぼっていけないから、船からおりたんだ」

ぼくたちはふーっと息をつきました。

「で、そのご婦人は今どこに？」とマチアがききました。

「ジュネーブの湖のほとりのヴヴェイに別荘を借りて、そこに行ったよ。でも、正確にどこにあるかは知らないんだ。そこで夏を過ごすらしいよ」

さあ、ヴヴェイへ！　ジュネーブに着いたら、スイスの地図を買って、その町だか村だかを見つけ出そう。絶対に見つけられる。捜すしかないのです。

セセルの町を出て四日後、ぼくたちはヴヴェイの郊外にいました。たくさんの別荘が、青い水をたたえた湖の岸辺から山にかけ、草と木におおわれた斜面に段になって優雅に並んでいました。このどこかにミリガン夫人とアーサーとリーズは暮らしているのです。

が、ヴヴェイはぼくたちが想像していたような小さな村ではありませんでした。「ミリガン夫人」とか、単に「病気の男の子と口のきけない女の子を連れたイギリス人のご婦人」を捜したところで、うまい具合にめぐり会えるものではありません。ヴヴェイと湖のほとりにはイギリス人が大勢住んでいて、まるでロンドン郊外の別荘地のようでした。

いちばん効果がありそうな方法は、外国人が借りていそうな家をたずねて回ることです。実際、それならむずかしくはありません。いろんな通りで演奏すればいいだけなのですから。

一日でぼくたちはヴヴェイじゅうを回って、ものすごい額のお金をかせぎました。昔、雌牛やリーズへあげる人形を買おうとお金をためていたときなら、夜、お金を数えて満足感にひたれたでしょう。でも今、ぼくたちがかけずり回っているのは、お金のためではないのです。

ミリガン夫人に関する手がかりはまったく見つかりませんでした。

次の日、ぼくたちはヴヴェイの郊外を捜し回りました。立派な家を見ると、窓が開いていようが、いまいが、かまわずに演奏しました。けれども夜になると、前の日と同じでなにもつかめていませんでした。それでもぼくたちは湖から山へ、山から湖へ、いろいろなところを捜し回りました。

ヴヴェイの近郊を捜したのち、ぼくたちは近くのクラランやモントルーまで足をのばしましたが、うまくいかず、いらいらがつのりました。とはいえ、がっかりはしていません。今日はうまくいかなかったけど、明日はきっとうまくいくはずです。

ある午後、ぼくたちは道で歌を歌っていました。ぼくはナポリ民謡の出だしのところを声を限りに歌いました。次の節に移ろうとしたとき、突然うしろで、塀の向こう側でさけび声が聞こえました。そして次の節を歌う、弱々しい、奇妙な声がしました。

この声の持ち主は？

「アーサー？」とマチアはききました。

いいえ、アーサーではありません。ぼくはアーサーの声は知っています。けれどもカピは押し殺したようにクンクン言って、生き生きと喜びをあらわしながら、塀に飛びついています。がまんできなくなって、ぼくはさけびました。

「だれが歌ってるの？」

その声が答えました。

「レミ！」

なんと、返事のかわりにぼくの名前が返ってきたのです。マチアとぼくはぼう然として顔を見合わせました。ぼくたちはおたがいに、ぼうっと立ちつくしていました。が、マチアのうしろを見ると、低い垣根ごしに、ハンカチが風にひらひらなびいているのが見えました。ぼくたちはかけ寄りました。垣根のところに行くと、ハンカチをふっている人が見えました――リーズ！

とうとうぼくたちはリーズを見つけたのです！　ミリガン夫人とアーサーもいっしょにいるはずです。それにしても歌っていたのはだれなんだ？　マチアとぼくは口がきけるようになると、同時にこの質問をしました。

「わたしよ」とリーズが言いました。

リーズが歌った！　リーズが話した！

いつかまたリーズは話せるようになる、ものすごいショックを受けたりしたら、と言われるのを、何度も聞いていたのは確かです。でも、そんなことは不可能だとぼくは思っていました。でも、ほら、その話は本当になりました。リーズは話しています。このとおり、奇跡は起こったのです。もう二度と会えないと思っていたぼくが歌っているのを聞いた、近くにいるのを見た、そのショックが彼女をつき動かしたのです。

「ミリガン夫人はどこ？　アーサーは？」とぼくはたずねました。

リーズは答えようと口を動かしました。けれど口からは心もとない音しか出てきません。じれったくなってリーズは、手っ取り早くわからせようと、手を使って説明しました。

ぼくがマチアにはわからないその「言葉」を追っていると、庭の奥、木かげになった小道の曲がり角に、召し使いが押す小さな車が見えました。その車には、横になったアーサーと、それからうしろにはアーサーのお母さんと……ぼくはよく見ようと身を乗り出しました……ジェイムズ・ミリガン氏がいたのです。すぐにぼくは垣根のうしろにかくれ、マチアにもかくれろと言いました。ジェイムズ・ミリガン氏がマチアの顔を知らないことはすっかり忘れていました。

「ジェイムズ・ミリガン氏に見られるとまずいんだ。ぼくをイギリスに送り返すかも」とリーズに言いました。リーズはおびえ、両腕を上げました。

「動かないで。ぼくたちのことはだれにも言わないで。明日の朝九時に、ぼくたちはこの場所に戻ってくるから、ひとりで来てね。今はお別れだ」とぼくは言いました。

リーズはためらいました。

「行って、お願いだから。さもないと、きみはぼくに会えなくなっちゃう」

リーズと別れ、あらためて大喜びしたあと、ぼくたちは話し合いました。

「おれは明日まで、ミリガン夫人に会うのを待つ気にはなれないよ」とマチアは言いました。「その間にもジェイムズ・ミリガン氏はアーサーを殺してしまうかもしれない。おれは今すぐ、ミリガン夫人に会って、話してくるよ……おれたちが知っていることを全部ね。ミリガン氏はおれに会ったことがないから、きみやドリスコル一家に結びつけて考える危険はないと思う」

マチアの提案はもっともでした。そこでぼくはマチアを行かせて、少しはなれたところにある栗林で待ち合わせることにしました。

ぼくはコケの上に横になって、ずっとマチアの帰りを待っていました。もう十回以上も、マチアを行かせたのは失敗だったのではないかと、思いをめぐらせていました。がそのとき、マチアがミリガン夫人といっしょに戻ってくるのが見えました。

ぼくはミリガン夫人のほうにかけ寄りました。夫人がさし出した手をとって、キスをしました。しかし、夫人はぼくを腕にいだき、身をかがめて、おでこにやさしくキスをしてくれました。夫人がぼくにキスをしたのはこれで二度目です。でも、一度目はこんなふうに、ぼくをギュッとだきしめてくれてはいませんでした。

「かわいい子」とミリガン夫人はぼくから目をはなさずに言いました。「あなたのお仲間が大事なことを話してくれました。あなたからもドリスコル一家のところへ行ったときのこと、ジェイムズ・ミリガンさんが来たときの話をしてもらえる？」

話が終わると、ミリガン夫人はぼくを見つめながら、長い間、だまっていました。そしてぼくにこう言いました。

「今聞いたことは、あなたと、わたくしたちみなにとって、大変な意味を持っているのです。わたくしたちは慎重に、信頼できる方の忠告に従って行動しなければ。けれども、そのときまであなたは自分のことを、アーサーのお仲間、お友だち、いえ、兄弟だと思ってらっしゃい。あなたとあなたのお友だちは、今日から貧乏な暮らしとさよならするのです。二時間後にはテリテのホテル・アルプスに行きなさい。人をやって部屋をとってもらいます。またそこで会いましょう」

夫人はもう一度ぼくにキスをし、マチアの手をにぎってから、急いで去っていきました。

「ミリガン夫人になにを話したの？」とぼくはマチアにききました。

「さっき話に出たことと、ほかにもいろんなことをね。ああ、すてきな人だ！　美しい人だ！」

「アーサーに会った？」

「遠くから見ただけだよ。でも、見ただけでもいい子だってわかったよ」

ぼくたちはホテルに移り、次の日、ミリガン夫人が会いにきました。夫人は、仕立て屋と下着屋を連れてきていて、ぼくたちのえんび服とシャツの寸法を測らせました。

夫人は、リーズは話そうとがんばっていて、お医者さまは回復するとうけ合っていると話してくれました。夫人はぼくたちと一時間ほどともに過ごし、ぼくにやさしくキスをし、マチアの手をにぎって、帰っていきました。

四日の間、夫人はこうしておとずれ、来るたびに、ぼくに対して、より愛情深く、やさしくなっていきました。

五日目に、以前、白鳥号にいたメイドがやってきて、ミリガン夫人が家で待っている、ホテルの前に馬車が迎えにきていると言いました。別荘の客間に通され、ミリガン夫人が迎えてくれました。長椅子にはアーサーとリーズがいました。

アーサーが両腕をさしのべ、ぼくはかけ寄って、キスをしました。それからリーズにもキスをしました。ミリガン夫人は自分のほうからキスをしてくれました。

「とうとう、あなたが本当の自分の場所に帰るときが来たのです」と夫人は言いました。

いったいどういうことか、説明してくれるようにたのみました。夫人は扉を開け、すると……バルブラン母さんが入ってきたのです！　バルブラン母さんは腕に赤ん坊の服、白いカシミアのコート、レースの帽子、毛糸の靴をかかえていました。

母さんが服をテーブルの上に置くやいなや、ぼくはバルブラン母さんの腕に飛び込みました。ぼくがキスをしていると、ミリガン夫人はメイドになにかを命じました。夫人が口にしたジェイムズ・ミリガンという名前を聞いただけで、ぼくは青ざめました。

「なにもこわいことはないのよ」とミリガン夫人はやさしく言いました。

その瞬間、客間の扉が開き、とがった歯をむき出して笑っているミリガン氏が入ってきました。ミリガン夫人はぼくを見ました。そのとたん、ほほえみはにくにくしげな表情に変わりました。ミリガン夫人はミリガン氏に話すひまを与えませんでした。

「わたくしがあなたをお呼びしたのは」とミリガン夫人は、ゆっくりと、かすかにふるえる声で話しました。「幸運にも見つかったわたくしの長男をご紹介するためですの」。夫人はぼくの手をギュッとにぎりました。「この子ですわ。でも、あなたはもう、この子をご存じですわね。この子をさらった男の家まで行って、健康かどうか調べていらしたとか」

「なにをおっしゃっているのですか？」とミリガン氏は顔を引きつらせながら言いました。

「……その男は、教会で盗みを働いた罪で今は牢屋にいて、すべてを自白しました。ほら、証拠の手紙ですわ。その男は、この子をさらったこと、パリのブルトゥイユ大通りに捨てたこと、身もとがわからないように念入りに産着のラベルを切り取ったことを白状したのです。ほら、これがその産着です。寛大にも息子を育ててくれた、すばらしい女性がとっておいてくれたのです。手紙をお読みになります？　産着をごらんになります？」

ジェイムズ・ミリガン氏は少しの間棒立ちになっていましたが、扉のほうへ向かいました。しかし去りぎわに、ふり向いて、

「裁判官がこんな偽の息子をどう思うか、いずれわかるからな」

ミリガン夫人――今からはお母さんと呼びますが――は動じずに答えました。

「裁判官の前にわたくしたちを呼び出せばいいわ。わたくしは夫の弟をそんなところに連れていきたくはないですけれども」

おじの背後で扉が閉まりました。そしてぼくはお母さんの広げた腕に飛び込み、初めてたがいにキスを交わし合いました。ぼくの気持ちが少し落ち着いたころ、マチアが近づいてきました。

「きみのお母さんに、約束どおり秘密を守ったって言ってくれよ」

「じゃあ、きみは全部知ってたの？」とぼくはききました。

お母さんは答えました。

「マチアがわたくしに話をしてくれたとき、だまっているようにお願いしたの。わたくしはレミが息子だと確信していたけれど、まちがっていないという確かな証拠がほしかった。『あなたは息子よ』とキスをしたあとに、まちがいだったなんて言えないもの。そんなことをしたら、あなたがどんなにつらい思いをすることか！ そして証拠はそろいました。だから、わたくしたちはずっといっしょにいられるし、あなたは、お母さんや兄弟と、そして不幸せだったあなたを愛してくれた人――お母さんはリーズとマチアを指さしました――といっしょに暮らせるのよ」

家族に囲まれて

何年かがたちました。ぼくは今、イギリスのミリガン・パークという先祖代々の屋敷に住んでいます。家なき子、支えもなく、打ち捨てられ、人生を見失って、偶然のなすがままにさまよっていた子、行く先を照らす灯台もなく、避難できる港もなく、大海のまっただ中でもがいていた子が、愛し合う母親や兄弟だけでなく、名誉ある名前や立派な財産を残してくれた祖先までも持つ身となったのです。

ぼくたちはまもなく、最初の子ども、息子の小さなマチアに洗礼を受けさせることになっています。そして洗礼をきっかけに、ぼくがつらい思いをしていた時代に友だちになってくれた人々が、みな集まろうとしていました。この集いは、その人たちをおどろかせようとぼくが計画したもので、ぼくの妻もおどろかされるひとりでした。妻は父親や姉妹、兄弟、おばに思いがけず再会する手はずになっているのです。母とアーサーだけが秘密を知っていました。

肖像画が並ぶ回廊を母が歩いてきます。年をとっても、母の美しさは失われていません。今でも白鳥号のベランダで初めて出会ったころと変わらず、気品のある雰囲気をまとい、やさしく、心づかいにあふれているのです。母はアーサーに腕を預けていました。アーサーは、美しく、たくましい若者に成長しました。スポーツが巧みで、エレガントに馬を乗りこなし、力強くボートをこぎ、ひるまず狩りをする、そんな若者に。

母とアーサーのうしろから、少し距離をおいて、フランスの農民ふうの服装をした、ひとりの年老いた女性がやってくるのが見えます。腕には白いコートにくるまれた小さな子どもをだいています。バルブラン母さんです。その腕にだかれた子どもは、ぼくの息子、小さなマチアでした。

本当の母に再会したあと、ぼくはバルブラン母さんにもそばにいてほしいと願いました。けれども母さんは断りました。

「いいえ、レミ。今、あたしのいるべき場所はおまえのお母さんの家じゃないわ。おまえは本物の紳士になるために、勉強し、教養をつけなければならないの。そんなおまえにあたしがなにをしてあげられるというの？　シャヴァノンに帰らせてちょうだい。でも、これは永遠のお別れじゃないわ。おまえも大人になって、結婚をして、子どもができるでしょう。そのとき、もしよければ、そしてあたしが生きていたら、おまえのそばに戻って、おまえの子どもの世話をするわ」

そしてぼくたちは子どもが生まれる少し前に、シャヴァノンにバルブラン母さんを迎えにいかせました。母さんはすべてを投げ捨てて、イギリスのぼくたちのところへ来てくれたのです。アーサーが新聞を手にやってきて、ぼくの仕事机の上に置きました。記事によると、「マチアの次の訪問地はロンドンである。マチアこそ、バイオリンのショパンである」とありました。小さな路上音楽師、ぼくの仲間であるマチアは、偉大な芸術家になりました。マチアは母がつけた音楽の先生のもとですばらしい進歩をとげたのでした。

そのとき、召し使いが着いたばかりの電報を急いで持ってきました。

【パリからクリスチナを連れてきた。チェグフォードに四時十分着。迎えの馬車を頼む。マチア】

マチアの妹、クリスチナについての話を読み上げながら、ぼくはアーサーのほうを見ましたが、アーサーは目をそらしました。

「ぼくが自分でチェグフォードに行こうかな。馬車に馬をつけさせよう」とアーサー。

「いい考えだね。そうすればきみはクリスチナと向かい合わせで帰ってこられるもの」

答えもせず、さっとアーサーは出ていきました。

「ほら、あなたのおくさんが来ましたよ」と母。

もうおわかりでしょう。ぼくの妻とは、おどろいたような目をした、表情豊かなリーズ、小さなリーズです。リーズはもう口のきけない娘ではありません。リーズはあれからも母のもとをはなれず、母はリーズを身近で育て、教育を受けさせました。リーズは美しい娘に成長し、あらゆる美徳にあふれているとぼくは思っていました。ぼくは母にリーズと結婚したいと伝えました。身分が違うからと、母はしばらくためらっていましたが、許してくれました。

「わたしになにをかくしているの？　アーサーはチェグフォード駅に行ったし、フェリーの船着き場に大型馬車が迎えに出されたし。不思議だわ」とリーズが言いました。

ぼくはリーズの好奇心をからかってやろうと思って、船で遠くを見るときに使われるような望遠鏡を持ってきました。そして海に向けるかわりに、馬車が来るはずの道に向けました。

「この望遠鏡を見てごらん。きみの好奇心が満たされるから」とぼくは言いました。

「これはすばらしい望遠鏡でして、海を越えてフランスまで見わたせるのですぞ」とぼくはヴィタリスの口上をまねて言いました。「ソーの近くに、しゃれた家が見えます。白髪の男性が、ふたりの女性をせきたてております。『急がなければ、汽車に乗り遅れてしまう。わたしの孫の洗礼式に間に合うように、イギリスに着けなくなってしまう、カトリーヌ、エチエネット』」

ぼくはほかの方角を見ようとしているかのように、望遠鏡の向きを変えました。

「さて、今度は汽船が見えますぞ。アマゾンでの植物採集の旅から戻ってきた青年がのっています。バンジャマン・アキャンというその名は世間にとどろいております。バンジャマンはサウサンプトン行きの船に乗り換え、まもなくここへ到着するところです」

また別の方向に望遠鏡を向け、ぼくは続けました。

「ふたりの男が汽車にのっております。年とった男と若い男です。『この旅はわしらにとってはおもしろいものになりそうだぞ』と年とった男が申します。『そうですね、先生』『アレクシくん、きみはレミの手をとることができるだけじゃなくて、ウェールズ地方の炭鉱にも行かれるのだからな。調査した結果を、ラ・トゥリュイエールの鉱山の改良に役立てればいい。そうすればこれまでの仕事で勝ち取った地位に、ますます重みが加わるだろう』」

ぼくは続けようとしましたが、リーズがそうはさせませんでした。リーズはぼくの頭を両手ではさんでキスをし、感動のあまりふるえる声で言いました。

「こんなふうにおどろかせてくれるなんて、なんてやさしいの！」

そのとき馬車が到着する音がしました。ぼくたちは窓にかけ寄りました。大型馬車が見え、リーズの目は、父とおばのカトリーヌと姉のエチエネット、兄弟のアレクシとバンジャマンの姿をとらえました。アレクシのそばには「先生」が、もう一台の馬車には、マチアとクリスチナがいました。そのうしろには軽馬車がいて、ボブが自分で御していました。ボブはすっかり紳士になっていましたが、イズニーから来たボブの兄さんはあいかわらず荒々しい海の男のままでした。

みんなそろってひとつのテーブルでディナーをとり、自然と昔話に花が咲きました。

「この前カジノで、白いとがった歯をした紳士に会いましたよ」とマチアが言いました。「やつはぼくがだれか気づかないで、絶対確実な数字に賭けたいから金貨を貸してくれ、組んでやろうって言うんですよ。でもついてなくて、ジェイムズ・ミリガン氏は破産しちゃいましたよ」

「なぜあなたはそんな話をレミにするの？」と母は言いました。「おじさんに救いの手をさしのべかねないわ。おじさんの罪ほろぼしはどうなるの？」

「財産目当てにすべてを捧げたおじが、殺してやりたいとまで願って、ひどい扱いをしたおいにパンを恵んでもらわなければならないことこそ、罪ほろぼしだと思うのですよ」

「ぼくは共犯者たちの消息も聞きましたよ」とボブ。「ドリスコルは海の向こうに追放になって、ドリスコル夫人は火事で死にました。息子たちも国外追放の刑を宣告されました。ケイトはおじいさんの世話をして、レッド・ライオン・コートで暮らしていますよ」

ディナーが終わるころ、マチアがぼくのほうに寄ってきて、窓のほうに引っぱっていきました。

「いいことを思いついたよ。ぼくたちは知らない人のためばかりに音楽を演奏してきたけど、大事にしている人たちのために演奏してもいいんじゃないかと思うんだ。あのナポリ民謡をやろうよ」

ぼくたちは楽器をとりにいきました。ビロードが張ってある立派なケースの中から、マチアは、売れば二フランもしないような古いバイオリンを取り出しました。ぼくは雨で色あせて、木の地色が出てしまったハープを袋から取り出しました。

みんなはぼくらを囲みました。そこに一匹の犬、プードルのカピがあらわれました。カピはかなり年をとっていて、耳は聞こえなくなっていましたが、目はまだよく見えました。いつものクッションの上にいたカピは、ハープを見ると、「興行のために」仲間に入りました。口にあのお金を集める皿をくわえて、「ご見物のみなさま」の間を、うしろ脚で立って回ろうとしたものの、もう力がないのですわって、胸に前脚を当て、「お客さま」にていねいにあいさつをしました。

ぼくたちの歌が終わると、カピはどうにか立ち上がって、お金を集めました。だれもが皿にお金を入れました。金貨と銀貨ばかりで、その額は百七十フランにもなったのです!

ぼくは昔のように、カピの鼻面にキスをしてやりました。つらかった子どものころ、カピがこうしてぼくをなぐさめてくれたっけ。その記憶がぼくにあることを思いつかせました。

「このお金を、路上で演奏している子どもを助け、宿泊させる施設を造る基金にあてたいと思います。母とぼくがあとの分を持ちます」

ぼくのこの回想録には一ページが欠けています。それはぼくのナポリ民謡がのるはずのページです。ぼくよりずっとすぐれた音楽家であるマチアが、その譜をおこしてくれることでしょう。〈完〉

訳者あとがき

入江信子

「まるでジェットコースターみたい！」と、この本を読み終わったみなさんは感じたかもしれません。幸せになったかと思えば、また不幸のどん底へ、再びまた希望が……と主人公のレミの運命の移り変わりは目まぐるしいほど！

作者のエクトール・マロさんはいつも、「今ある子ども向けの本には『こうすべき』といった教訓ばかりが語られていて、ちっともおもしろくない。子どもだってもっとおもしろい話を読みたいはず」と思っていたそうです。そしてマロさんが自分の子どもに語って聞かせたお話をもとに本にしたのがこの『家なき子』なのです。

『家なき子』は一八七八年（日本では明治時代の初め）にフランスで出版されました。

当時のフランスは産業がさかんになり、パリで万国博覧会が開催されるなど、はなやかな一方で、おなかをすかせてさまよい歩いたレミやマチアのように貧しく、不幸な人も大勢いました。そのうえ貴族、お金持ち、労働者といった身分による差別があり、人を見くだすような言葉が平気で使われていましたし、貧乏なせいで子どもが売り買いされたり、学校にも行かずに働かされたり、体罰を与えられたりといったことも多く見られたのです。

とはいえ、そんな境遇にも負けず、明るく、たくましく、誠実に生きるレミの姿は、きっとみなさんの心をとらえたことでしょう。さらにレミをめぐる親子の愛、友情、動物とのきずな、まわりの人との関わりがしっかりとえがかれているところもこの物語の魅力のひとつ。こうした人と人（もしくは動物）との関係の真実を鋭くついているからこそ、『家なき子』は時代が変わってもスッとみなさんの心に入ってくるのです。

私が子どものころは、外国の物語を読んでは、「どんなところだろう？」「この食べ物はどんなかな？」などと想像していました。

インターネットや海外旅行が当たり前に育ったみなさんにとって、外国はけっして遠いところではないでしょうし、外国の食べ物だって身近にあふれていることでしょう。けれども、物語を読むと、国はもちろん、時代を超えて、その場所の様子を思いうかべることができます。

『家なき子』もまた、百三十年以上前のフランスにタイムスリップさせてくれる物語ですよね。そうしてこの「自由自在にどこにでも行くことができる」というところが、本を読む楽しさなのだと思うのです。

なお、原書はこの三倍もある長い物語なのですが、読みやすいように短くして、わかりやすい表現に改めて訳しました。もし機会があったら、物語全編を訳した本にも挑戦してみてください。

そしてみなさんが、家や学校にいながらにして、行ったことがない場所への扉、過去や未来への扉を自由自在に開けることができる人になることを願ってやみません。

本書に登場したおもな場所

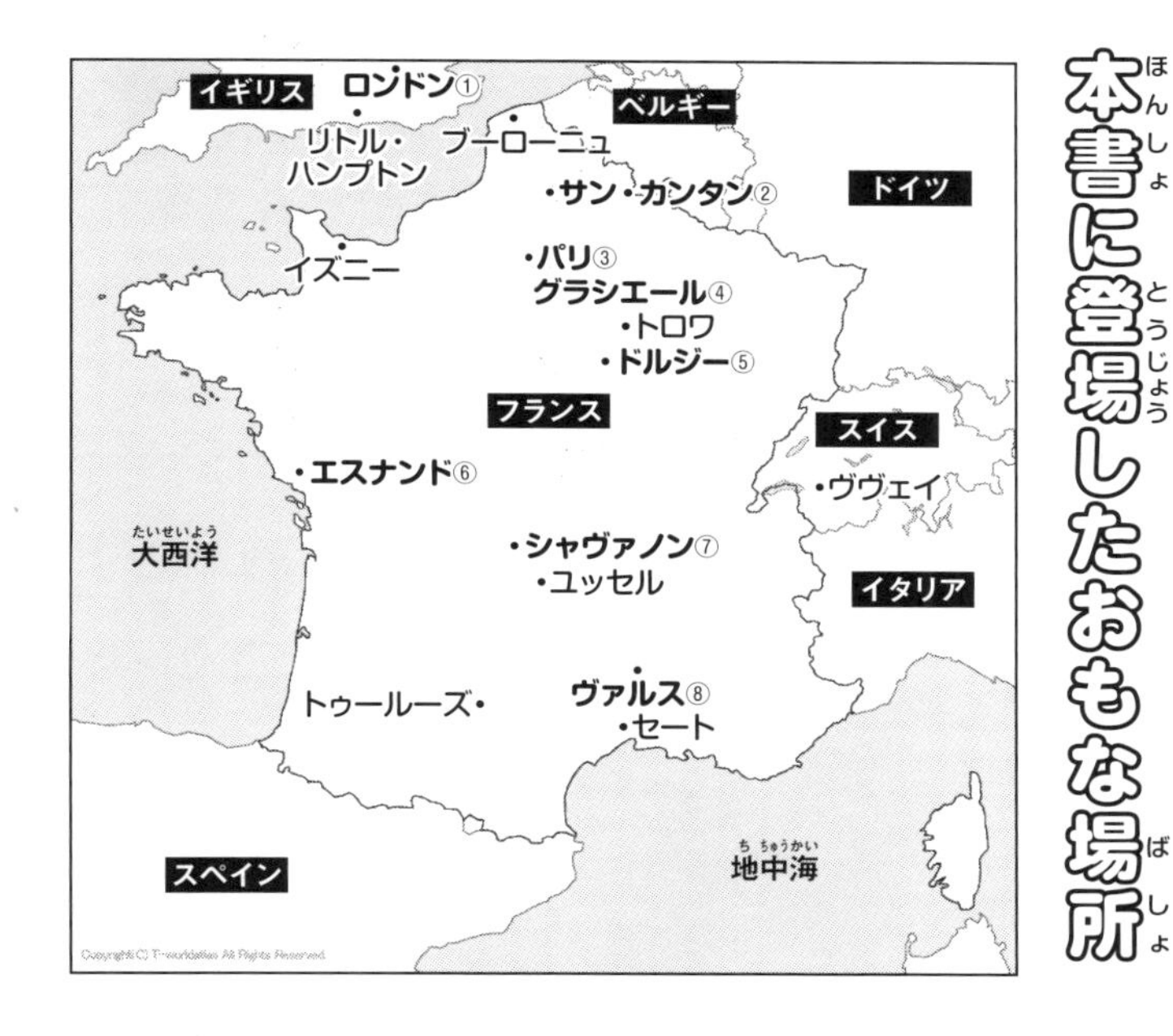

シャヴァノン	レミが８歳まで育った場所。	地図⑦
パリ	マチアと出会った場所。シャヴァノンとパリの間は約400キロ。 ＊ちなみに、東京から名古屋までが東海道本線で366キロ。	地図③
グラシエール	パリの郊外。花作りのアキャン家がある。	地図④
ドルジー	カトリーヌおばさんの家がある。	地図⑤
ヴァルス	アレクシが引き取られた、炭坑のある町。	地図⑧
サン・カンタン	バンジャマンが引き取られた家がある。	地図②
エスナンド	エチエネットが引き取られた家がある。	地図⑥
ロンドン	ドリスコル家がある。	地図①

Shogakukan Junior Bunko

★小学館ジュニア文庫★

家なき子

2017年 5 月29日　初版第１刷発行

作／エクトール・マロ
訳／入江信子
絵／日本アニメーション

発行人／立川義剛
編集人／吉田憲生
編集／杉浦宏依

発行所／株式会社　小学館
〒101-8001　東京都千代田区一ツ橋２－３－１
電話　編集　03-3230-5105
販売　03-5281-3555

印刷・製本／中央精版印刷株式会社

デザイン／クマガイグラフィックス

編集協力／辻本幸路

Printed in Japan　ISBN 978-4-09-231163-3